北平原上

陈亮 著

山东文艺出版社

目　录

辑一　温暖的村庄

温暖　…………　2

那条小路　…………　4

隐身　…………　6

做饭的母亲　…………　8

一盏灯　…………　10

送殡记　…………　12

落日　…………　14

春天里　…………　16

空　…………　18

树影　…………　20

落在卡车后面的孩子　…………　22

燕子　…………　24

老屋　…………　26

在病中　…………　28

雨中　…………　30

秋收记　…………　32

田野里还剩下最后一个人　…………　34

梨花　…………　36

声音 ………… 38

父亲还没有回来 ………… 40

遗忘 ………… 42

天黑了又白了 ………… 43

香椿 ………… 45

寻找 ………… 46

娘总在黄昏时分喊我 ………… 48

还在 ………… 50

秋日书简 ………… 52

麦地里的坟 ………… 54

木头 ………… 55

羊群 ………… 57

还要再慢些 ………… 59

晚年 ………… 61

辑二 北平原上的人们

挖掘 ………… 64

夜游者 ………… 66

春风又一次来到人间 ………… 68

好风景 ………… 70

再次写到落日 ………… 72

月光下的小偷 ………… 74

路遇一座无名坟茔 ………… 76

蝴蝶 ………… 78

哑巴 ………… 80

树上的孩子 ………… 82

鸟群 ………… 84

大雨 ………… 86

去猛虎村寻找一个叫棍子的人 ………… 88

傻子 ………… 90

河西 ………… 92

春丧 ………… 94

训诫 ………… 95

荒野 ………… 96

村河 ………… 98

后半夜 ………… 100

水边 ………… 102

晚秋 ………… 104

父亲已经说不出话了 ………… 106

淹没 ………… 108

春天 ………… 110

绿 ………… 112

废弃的小屋 ………… 113

翻土 ………… 114

看海 ………… 116

在乡间的小路上 ………… 118

北平原 ………… 120

天很快就要暖和起来 ………… 122

一只羊 ………… 124

梦见父亲 ………… 126

不安　………… 128

那些来来去去的人　………… 130

他们到底去了哪里　………… 132

辑三　桃花园记（长诗）

一年一度的大火　………… 136

桃花园　………… 138

桃花命　………… 140

孵化　………… 142

捏造　………… 144

月亮垂下的梯子　………… 146

我和动物们　………… 148

母羊　………… 150

风　………… 152

影子　………… 154

哭　………… 156

我操着整个桃花园的心　………… 158

一百里外的海　………… 160

母亲　………… 162

哑姐姐　………… 164

大水　………… 166

镜子　………… 168

捉迷藏　………… 170

那些黑洞　………… 172

黑暗 ………… 174

梦 ………… 176

羽蓑 ………… 178

我成了九个孩子的父亲 ………… 180

有人在喊我 ………… 182

巢屋 ………… 184

树上的日子 ………… 186

布谷，布谷 ………… 188

鸟人 ………… 190

寻找鸟人 ………… 192

一小朵云 ………… 194

桃木雕 ………… 196

朴 ………… 198

术侯 ………… 200

重新降生 ………… 202

面孔模糊 ………… 204

朴消失了 ………… 206

追寻 ………… 208

积木游戏 ………… 210

大片的乌鸦 ………… 212

雪人 ………… 214

我是谁 ………… 216

依花讯而回 ………… 218

迷茫 ………… 220

瞭望树 ………… 222

敌人 ………… 224

石根村 ………… 226

陈八爷 ………… 228

隐身 ………… 230

阴凉 ………… 232

渔人的报复 ………… 234

倒着走路的人 ………… 236

一群鸟人 ………… 238

奇怪的蝴蝶 ………… 240

快来了—— ………… 242

桃花园深处 ………… 244

桃花仍将灼灼盛开 ………… 246

辑一

温暖的村庄

温暖

那些小路是温暖的，被暮色舔着
被庄稼的香气熏着
泛出微茫的白光
是人们走走停停走出来的那一种白
是柴草的骨灰洒在土上的那一种白
那面落满鸟屎的东山墙是温暖的
墙上有个铁环，牵出的马在这里
踢踏打转，晃动肥膘
用尾毛扑打着发红的蝇虫
它呋呋叫着，散发出亢奋
或少许劳役怨气
游街的豆腐梆子是温暖的
好久没见到他了，今天又突然出现
头顶金光闪闪，宛如菩萨
传说他患了癌症，相信这不是真的
父亲是温暖的
他几乎一直在菜园的井台
拔水浇灌，井水雾气蒸腾
让他瞬间就虚幻了
看不出他是六十岁、五十岁、还是二十岁

而母亲蹲在那里择菜、捉虫
时间久了就飘回家去——
你也是温暖的，那一年我在家养伤
墙上的葫芦花开了
你一早去邻家借钱，轻易就借到了
你的脸沁出汗
不断说好人多好人多
一头羊是温暖的，天就要黑了
它还在吃草，肚子很大，准备要生育了
鼓胀的乳房拖拉出奶水
它的眼里，还有声音里
有一种让心肝发颤的东西
它嘴里永远嚼着什么，似要嚼出铁沫来

那条小路

从牛头村到旧桃园的那条小路
有我太多的记忆
小时候，我和伙伴们曾在那里疯跑
追逐着蜻蜓和蝴蝶
也曾用树枝挑起了莫名僵死的
花蛇和老鼠
尖叫着扔进水湾
或者偷摘了何仙姑家的桃子、苹果
被她的刀子嘴将我们骂成了豆腐
路边有个土地庙
村里死了人，就会在这里烧纸马
送魂上"西南"。在这条路上
我也等待过梦中的仙女
仙女没有出现
却让我见到恐怖一幕
乌云怪兽般张牙舞爪，吞食落日
我战栗，第一次感到生命的渺小和无助
这条神秘的，让我的幼年战栗的路上
娘曾在这里喊我受了惊吓的小命
叫喊声里，牵牛花开，稻草人动

也是在这条路上
坏脾气的光棍哑巴曾捡到过一个女婴
那是一个早晨
他打了一宿麦子， 胡子拉碴
嘶哑着公鸭的嗓子
一副投胎恶鬼的模样
仿佛要吃了谁
可当他弄明白了被围观的
是一个被人遗弃的弱小女婴时
竟猛地将我们轰开， 单跪在那里
捧起了那个碎花褟裸
——直到现在我依然还记得那种
我从未见过的眼神
喜悦， 温情， 神圣， 犹如藏在
岩石和草丛里的两汪神秘的泉水

隐身

忘记了是哪一年哪一个夏天哪一个傍晚
太阳埋进土里， 小狗对着香案作揖
院子里呈现出一种草灰的颜色
我听见有人在小声喊我
可环顾四周也找不到什么
这时， 猪窝上的倭瓜花一下子全开了
花很大， 一只风流的蛾子深陷其中
不能自拔， 翅膀急切而清晰地
拍打着花朵的内壁
院子里的香气骤然浓郁起来
榆木桌， 槐木凳， 粗瓷的海碗
红漆的筷子， 自己主动在院子里摆好
早年当过货郎的祖父眯着眼睛听收音机
小脚的祖母从黑屋里端出一脸盆疙瘩汤
——和往常一样， 我们开始晚饭了
我埋着头专注地喝着吸着
等我抬起头， 突然发现祖父祖母不见了
但半空中他们的碗还在晃
筷子也在动， 也能听见他们
呼噜地喝汤声， 我有些急了

满头大汗地哭了，出悲声的一刻
他们又猛地出现，慈祥地望着我
让我瞬间疑惑着害羞起来
——多年后，当祖父祖母真正离世时
我并没感觉有多悲伤
我始终认为他们还会和那个傍晚一样
不过是隐身了，很快我们还会再见

做饭的母亲

每天早上我们还在梦里，母亲就
开始做饭，拉动风箱——
这些声音一直响了几十年
而后就是我们刷牙、洗脸，呼噜吃饭
而后，各自匆忙飞走
几十年了，母亲似乎还是那个母亲
似乎永远满面桃花，没有病痛
永远不会老。偶尔，我们也会
很乡土地撒一下娇
母亲也会像儿时那样，用她皲裂的手
摸摸我们的肩膀或者腰身
她的手和我们接触，会发出锯锉
才有的沙沙声。阳光下
有什么正从我们身上飞舞着脱落
但每次我们都很温暖
如躺在棉花的梦里——有一天早上
睡梦里突然没有了那些声音
——原来是我们睡过了头
当我们惊慌地走进那个被母亲呛了几十年
要掉渣的灶房，才发现母亲已经

不知去了哪里。多少年了
那些被她用粗手摸过的物件都还在
全都磨损得严重
——锅碗被磨糙了边沿或隐去瓷花
风箱的把手凹出了手印
橱柜脱掉了漆，许多瓢盆的肚子上
锔了不少的补丁——那天早上
我们从村里村外一直喊到了天上
却再也找不到她的踪影了——我们
都很饿很饿，似乎几十年都没吃过饭

一盏灯

我想写的那一盏灯，是在北平原，霜气
把月亮发烫的匕首弄得青白了
已经是后半夜，一个低矮的羊圈里
我家的那一头母羊要临产了
铁丝上，挂着父亲用旧了的那一盏马灯
看得出，母羊开始有些焦躁
却很顺从地让父亲跪着
抚摸和安慰她的皮毛
用温水洗净它鼓胀、拖拉的乳房
——慢慢地，羊水就流出来了
随母羊阵阵难声，羔羊的前肢先探出
紧接着，它的头附趴在前肢之间
顺利地，落在了松软的麦草上
——最后，胎衣缓缓地脱了出来
父亲小心地将羔羊的口、鼻
和耳骨的黏液淘净
又将羊羔放在母羊的嘴边
让她将羊羔的皮毛舔干、捋顺
整个过程，显得有条不紊
看得出，母羊和父亲都是有经验的

可父亲毕竟是老了，手上的脏污还没洗
就和着麦草的腥膻
和生育的气息蜷缩着睡去了
只有那盏马灯，还一直暖暖地亮着，晃着
怜悯灯影里，母羊在舔着她的羔——
羊羔跪爬着，颤巍巍地发出咩咩的嗓音
声音很虚弱，但没有不安和恐惧

送殡记

我大娘死了！ 在大哥家里， 我见到了
好久未见面的大爷： 须短， 颧高
腮塌， 头发稀疏斑白
多像已经去世多年的祖父啊
他被多种病痛折磨， 已很难下床了
他在用一块油灰的布
使劲擦着眼睛， 因为白内障
已经认不出我们了， 听到我们的声音
又委屈地哭了起来
他在念叨大娘的好
——年轻的时候， 大爷曾当过军官
探亲时腰里挂着匣子枪
身后跟着两个警卫， 威风的时候
曾多次要休掉大娘， 都被祖父拦住了
生活啊！ 时光啊！ 真就把
两个水火不容的人捏到一块去了
他的肉成了她的肉
他的血成了她的血， 他的骨
也成了她的骨， 他的脾气
成了她的脾气， 她的命也成了他的命

到了最后的光景
少了谁都不行了啊——
去墓地的路上
所有人都低下头： 即使和大娘
系积了多年怨气， 一直都不和大娘
说话的父亲也哭了
他的膝盖因下跪而沾满了泥浆和草
全不管不顾了， 他的嘴哆嗦着
念叨自己不是东西
一群麻雀石块一样在我们身边漂浮着
翅膀上掀下来一些类似于
骨灰的东西， 包括桃树槐树上
隐身大哭的知了， 可都是我们的亲戚啊

落日

落日委实疲倦了，但熬到最后一刻仿佛被
打了鸡血，突然就抖擞起来
它亲眼看着那个弄瘸了腿的泥汉
摇晃着成了一只可怜的蚂蚁——
他老婆跟人跑了，他娘常年瘫痪
没人来伺候她的吃喝拉撒
它亲眼看着一个半瞎的光棍老人
从地里挑出一担地瓜，不留神
被石头绊倒，他摸爬着
捡拾那些混蛋的果实
突然堵了气，用荆使劲抽打起自己来
——老桃树背过身去，鸟兽心绞目乱
它亲眼看着一个忙着割草的哑妮
她的棉条篓里还很浅薄，稀疏
她身体里挤满了牲畜们饥饿的叫喊
她的初潮来了，却浑然不知
身后的大片的草坡染成了红草
它亲眼看着那头已吃不下嫩草的牛
还没捱到村口，就轰隆一声——
歪倒在地上，再也不想起来

愤怒的主人把铜牛鼻都给拽断了
它亲眼看着几个在村北挖坟坑的人
村里已经捧起笙乐，他们挖得很卖力
没看出来悲伤——挖完了把工具一扔
点上烟，先躺在里面试了试
似乎很惬意。风吹着他们，很快就黑了

春天里

父亲病了一年, 身体越来越虚弱
才63岁的人, 脸虚肿得厉害
头发几乎全掉光了, 在胡同口坐着
许多人快认不出他了
他上茅房都要扶着墙
和几棵他早年栽下的桃树和杏树
每一次母亲要去扶他
都会被他愤愤甩开
然后喘着、咳着, 瞪着牛一样发红的眼睛
几只麻雀都被他吓飞了
院子里的手扶拖拉机
已经被父亲狠狠地欺负了快十年
锈迹斑斑, 蔫头耷脑的
先前只有父亲才能让它活蹦乱跳起来
我想换个新的, 他坚决不同意
硬硬地说他死不了
等病好了他接着开
说着, 还用力拍了拍
这个打着晃向他摇头摆尾的铁家伙
春天了, 母亲说父亲有一次真的哭了

哭得很厉害，很后悔，很遗憾
他说他好不了了，让母亲早做打算
母亲也流了泪，她知道
这个先前壮得像牛
曾经凶狠打过她的
坏脾气的男人已经老了，老了
——在春天里，母亲领着我们
背着父亲，已经悄悄在自家的桃园里
撒下了那些玉米和花生的种子——

空

父亲走了，上完五七坟，我和母亲
就开始清理他的遗物
然后按照风俗拿到坟前去烧了
那辆被他开了十几年的拖拉机
也让二舅帮着卖给了邻村的李三
小院就一下子空了很多
常过来歇脚的小鸟
在半空就习惯性地眯上了眼睛
却一脚踩空，急急扇动几下翅膀
惊慌失措中折身飞走了
阳光依旧习惯地想把玻璃放在上面
却啪的一声——摔碎在了地上
闪着刺眼的光。很久了
母亲蹲在门口，愣愣地望着
这块空场，自己言语道：
一下子没了这个铁家伙，还真闪人
——她的声音发抖，抖落几片
桃树的叶子，说完就背过身去
用手捂住眼睛，儿子问她怎么了
她说是秋天乱飞的沙尘

然后低着头跑回自己的屋子
屋里也是空的，有一个人在墙上
用温暖的眼神望着她
这时候，外面突然起了风——
这些被遗弃的孤儿，拍着门窗
撕着墙头的狗尾草，发出呜呜的声音

树影

疯狂的槐米树， 把影子打在院子里
秋日阳光充沛， 风吹来的是
植物香气， 而不是化肥厂
令人作呕的恶腥， 还有工业园
那些近乎末日的噪音
多么好， 鸟修复了全部的神经
我可以把木匠活移到院子里
多么好， 我可以在院子里
用槐米树粗壮的杈丫
轻松地赶完邻家定制的木器
或者用一个旧年的桃树桩
打磨出弥勒佛的造像
可以吹着口哨， 想着漂亮的姑娘
让暗处的神， 那个梦中的白胡子老头发笑
更重要的是可以让祖传的槐米树
把它的影子疏朗地打在我身上
沉在我心里， 这个时候
我不会感到痛苦， 因为槐米树的
影子让我享受了它的清凉
而不是谁用鞭子打我的皮肉

用烙铁烙在我的胸膛
用锤子钉在我的骨头
也不是谁用斧锯锯在我的喉咙
或者是用巫术控制我的魂魄
我可以贪婪地享受这一天的阳光
这是槐米树带给我的祖传幸福
累了，我就会躺一会儿
或者把自己做进梦里
巨大的树影会让发热的身体
慢慢地凉下来，就像那些磨损的农具
擦去了泥巴，轻松的调子
就从它们缝隙里慢慢地流淌出来

落在卡车后面的孩子

似乎是在这个孩子捉蚂蚱的时候
或者趴在母羊的怀里吸奶的时候
对着一只黑斑的蝴蝶
一只磕头虫，一只滚蛋的屎壳郎
着迷的时候，对着一片云
舒展胳膊陷入幻想的时候
对着河水里的自己发呆的时候
让一阵风吹出魂魄飘飞的时候
或者编织一个蝈蝈笼的时候
一只翅膀镶满花边头顶开着绒扇的
鸟儿飞来的时候，落日朝他
摆着手势作弄鬼脸的时候
那辆大卡车就开走了
那辆几乎能装得下整个
桃花村的大卡车，粗野地响了一声喇叭
来不及清点人数，就在焦躁的
咒骂中开走了，谁会去在意
草丛里这个脏兮兮的没有父母的孩子呢
等这个孩子回过神来，卡车已经
开出很远了，他就举着手

惊慌地吆喝起来，声音很破
很显然，这辆混蛋的卡车
已经听不见了，这个孩子就无声
而又无助地晾在了那里
没有哭声，只有些泪水在孤独地
分割着那张苍老的脸
天很快就黑了，而他的眼睛
是亮的，这些亮哆嗦着
飘到不远处，那只瘸腿的母羊身旁

燕子

那年我刚十八岁，就被拎进平原食品厂
我干装卸工，燕子在车间干择菜工
我们每天都是白衣白裤白帽白口罩
只留下眼睛时不时飘出火苗和星星
每当我，把刚卸下来的大叶菠菜
连同汗水传递到她手里，菠菜们
就仿佛中了仙气，老虎样亢奋起来
燕子燕子！菠菜们整天在日语的监控下
不停地喊着，在我们拥挤的充满了
臭脚味宿舍的梦里，在每天三次
每次半小时跑着去吃饭的食堂里喊着
而她总低着头，脸果子样，红红的
嘴抿紧了，半言不发，仿佛里面
全是金子和珠玉！半年眨眼就过去
厂子破了——她要回沂蒙山老家
我也要回桃花园，临走的时候
不知道为什么，我们都哭了，心里
窝囊了几车的话，却怎么也倒不出来
只有使劲地诅咒厂子，这个让我们的心
偷长出叶子的地方。大风愈刮愈大

厂房也被吹得愈来愈远，吹成黑白
抻出几米长的手不知怎的，握着握着
就松开了。在卡车粗暴的催促中
我边跑边大声地喊：燕子别哭，别哭
发了财一定去找你，否则我不是人
——多年后，风把脚力吹得虚弱
镜子把人照得面目全非，血肉模糊

老屋

多年后，终于又回到北平原回到老屋
静寂扣着生锈的门环，院墙颓废
祖父的槐米树出奇的高大、繁茂
张罗着无穷的鸟鸣。
这么多年过去了，我想除了家神
不会再有谁来光顾过
裂纹的槐木屋门，自己先哑哑地开了
里面的气息腐败狰狞
使你惶然想逃离
却又怔怔地站在那里。仿佛是在
面对一个和自己血缘亲近的老人
他用昏黄而又猜度的眼神
一下子就罩住了你。呀——
时间猛地转过身电影样纷至沓来。
你的叫声让蛛网剧烈波荡
你仿佛是一个刹那恢复了记忆的人
突然欣喜地忆起：在堂屋的后院
有个小时候扣鸟的大筛子
——如今筛子破损，当年慷慨
撒下的秕谷居然如箭般蹿出了芽

不，开始是一些神秘莫名的光
铮地凝亮了一下，又倏忽消失
似在诱捕什么，都还在
你嚯地跳了起来
完全不像是个已经得了绝症的人
当手指，真实地碰触这个竹制的器具
它却轰然扑倒，幻作烟尘弥漫
使你感到迷茫，而又异常清醒——

在病中

鸟鸣是虚幻的， 光让树木开始旋转
让菜蔬膨胀， 电话机摇晃
——传出的问候如前世
让满园的绿色更加青翠
而牲畜有些疲倦， 偶尔恍惚出人形
多年积累的木头背着阳光在屋檐后
长出很多耳朵， 让我不敢出声
我已很久没出门了
习惯看药滴落入干咳的残荷
或者耽于冥想
听壁虎在暗处迅疾地捕捉到又一只蚊蝇
在病中， 我感到身体在逐渐衰老
皱纹深刻， 老人斑符咒般出现
身体某处会不时隐隐作痛
更多的时候， 我会真的相信头顶上
有个微笑的神， 它面目慈祥
怜悯地看我小睡
或者在梦里为我轻轻把脉
它的咒语会带走一些低烧和眼红
我期待有一天它会带我离开这里

领我走向那个秋后的澄明之境
在病中，我的胆量萎缩
豪气消减，甚至羞于见人
像一朵涉世未深却敏感到神经的花
感觉有什么正越来越远
有什么却越来越近
我想说出它们，可竟然会如此词穷意薄
在病中，我还会反复地看到那片花开
有人正朝这里走来
或者只是一个幻象，汹涌的草香
让铁锈散去，生出一种奇异的力量

雨中

天在作弄穷人，嘈杂的乡村集市上
辛苦的小贩还未回过神就变了脸
雷公咬牙锤着，电母发疯地鞭打着
风使劲撕扯。一时间，全部乱了套
张三丢了羊，李四飞了鸡
王五死死地拽住要跳河的马
很快，集市上的所有
似乎都被暴雨冲走了
——像一个倒霉的赌徒，输了个精光
剩下一个老汉还在使劲拽拉着板车
轱辘爆了胎，又陷进了泥坑
他的老伴，在后面使劲推
他们没有任何雨具，雨水使劲冲刷着
松弛的肌肉，破的额角，红的眼
和突起的青筋和肋骨
冲刷着从衣襟耷拉出来瘪的乳房
他们什么都顾不上了
也没有埋怨谁的意思
只想赶紧逃离这个见鬼的地方
我走了过去，发现车里还有一个女孩

那么小，被装在一个收来的大纸箱里
她脏着脸，搂着一只猫，喘着气
从窟窿处往外喊着：加油——
她咬着唇，红着眼，紧紧地攥着
小小的拳头，没有一丁点的妥协
——这时候，雨水开始慢慢地停下来了

秋收记

秋风开始剥皮， 抽筋， 天已黑透
父子两个人， 终于从北洼里回来了
这是两个光棍， 已被汗水湿透
拖着一车玉米， 往回走
从他们的姿势看： 歪三斜扭
看来， 真是累得不轻，
到了家门口， 他们就开始用吊筐
向屋顶拔玉米： 儿子在屋顶上拔
老子在地下装， 他们实在
没有力气了， 就累得恼了
先是骂天骂地， 接着两人就对骂
骂得很凶， 似有解不开的冤仇
后来父亲就用玉米棒子
狠狠掷向儿子， 儿子把筐
掷向老子， 最后两人吆喝一句
"他娘的， 不过了！" 就蹬着腿
捶着胸， 没羞臊地哭起来
仿佛是两个有娘养没娘疼的孩子
没人围观， 哭着哭着就都
没了动静， 似乎死了过去

这样缓了一会儿，两人又慢吞吞
站起来，望了望冰冷的月亮
什么也没说，又干了起来
胡同里很黑很静，只有那些玉米
在吐着唾沫泛着白眼一筐一筐
往上爬着。此外，蛐蛐的哨子
依旧埋伏在很深的黑暗里
或者在他们的身体里使劲
响着，响着，从来就没有停歇过

田野里还剩下最后一个人

月亮还没有从桃花岭里拱出来
天很黑, 很大, 要吸走一切
田野里还剩下最后一个人在动在响
类似于一头累坏了的狗熊
看不清他的所在
只听见他越来越重的喘息
扰乱了虫子们的狂欢
和一摊又一摊野花的开放
让雾团压低, 田野无声凹陷
让你想大喊, 却想不起要喊什么
想对着什么大声说: 滚开——
却并不知道什么就是什么
他在继续喘息着
那把铁锹闪着微弱的光亮
真不知道他到底什么时候才能休息
他的手脚似乎已经被谁控制
或者已经被疲惫的人们遗忘
像一块无名的墓碑
没人来领他回去
一朵野花, 终于, 憋不住开了

花心里散出了更多的苦
一个虫子， 终于憋不住叫了起来
音子里飘出暗红的血丝儿
田野里还剩下最后一个人
我实在不忍心说出他是谁——

梨花

酥了骨头的河水充沛地喧哗
长短的梨树影子浅淡、摇晃、虚幻
鼻息的风，让梨花忍不住飘落
这是四月，黑土翻出发白的骨头
拼命散播香气，喷吐绿焰
要把好日子一天就过完
鸟儿扑翅的声音愈发清晰
间或会有小动物在水边喝水、洗脸
或伸直发亮的身躯
亲昵地打着招呼
似乎商量着要去办一场喜事
让春天的窗棂越发明亮起来
让梨花缓缓地飘落
若在半空凝滞
此时，田野愈发地喧腾、空旷
却没有发现一个泥人的踪迹
远处，松糕的土屋在树木间隐现
屏住呼吸，你会听到家畜们
幽深的喊声。如此的春昼
所有的院门一定是敞开着的

粗陋的家什均结实、黝黑，父亲母亲们
可以在土炕上放心地歇息
松弛的眼里没有泪水。晴朗的梦里
梨花静静地飘落，无休无止——

声音

半夜里突然起了风， 狗乱叫起来
接着， 唰唰醒来的是无数的灯
然后娘小跑着去抱柴火
我搬运玉米， 有病的父亲草草
安抚牛马后就上了屋顶
去堵那眼已经露出了星光的窟窿
有什么正从未知的天上
咕咚咕咚地掉下来
以为是盗贼， 牛头村全部惊慌起来
间或会听见咒骂声， 厮打声
孩子的哭声， 或摔家什声——
仿佛手心的果实马上就会被掠走
约半个时辰， 村子又退回原来的模样
父亲响起鼾声， 风气喘吁吁， 不那么猛了
雨点开始小声敲打外面的陶器
——而我蒙着头张着嘴
怎么也不能入眠
身体里， 似乎储存了好多好多声音
有各种虫子的， 植物的
动物的， 流水的， 人的

全部汹涌着倾泻而出
似乎是害怕后路真的断了
从此再也没有机会了——身体悄悄
被声音抬起，如一具醒着的棺材

父亲还没有回来

父亲还没有回来，但娘早已把饭煮熟
此时，正用嘴吹嘘着锅灶里的余火
为父亲烤一条下酒的柳眼鱼
火光似乎把娘的脸给烧红了
像土窑里不激动的陶俑。老屋没有点灯
——昏暗里，姐姐在剥着大蒜
弟弟在拨弄着旧弹弓和打火枪
我在洗一条老黄瓜
燕子在屋梁上悄悄孵出、私语
水泥粮囤后面的耗子们
攥紧了兴奋的乱颤的神经
一切都是小心翼翼的模样
老屋没有点灯。饼子香
和干鱼烧烤的香在默默地勾引
让汗毛们都张大了嘴巴
终于，馋虫用弟弟的嘴大声吆喝：
好吃饭了——好吃饭了——
他的话，仿佛谁突然炸了个爆竹
娘却坚决说：你爹还没有回来
老屋听到后，脸就更黑了

不知何时， 娘出去喊父亲， 声音渐远
忽然， 弟弟扑到姐姐怀里哭着说： 怕
实际上我和姐姐也怕啊！ 娘怕不怕
我们哆嗦着点亮马灯哭喊起来
我们真的害怕啦！ 声音变了形儿

遗忘

村子里来了一个飞贼，后半夜
村里的狗全部叫了起来
天亮后，很多人都觉得失盗了
就骂骂咧咧地跑出来

大街上，遗落下很多盗贼
仓皇丢下的东西，很多人
惊讶地认出了自己
丢失多年的戒指
手镯、头发、内衣、木偶、玻璃珠——

还有人找到了一罐早年
藏下的空气，试着
摇一摇打开，很多人的眼睛
顿时呆滞了，却怎么也记不起
这是哪一年的空气了

整个村子顿时在这个早晨
被卡住，陷入一场集体的回忆

天黑了又白了

天黑了又白了，鸡冠红了桃花开了
阳光的钥匙打开远门
被噩梦缠绕的人又活了过来
可他并没有露出多少
欣喜或感激，他是个出卖力气的人
也是全村起得最早的人
他虎着脸子，披上遮蔽身体的布
拿一块生硬的饼子啃着往外走
他在给村里一个抠门的包工头打工
干最累最苦的活，拿最少的钱
他十五岁殁了爹娘后就胡乱吃穿
身板却又干又瘦
有着钢筋般的力气
平时像个木偶，看到女人就突然活了
张着大嘴流着口水
挨了很多庄户揍，却屡教不改
本家曾撮合他收留过一个要饭的女人
好日子过了没几天又成了苦瓜
他牛头般直冲冲往外走
到了村外的空场，突然被一个

闪光的东西吸引住了
他猫着腰，小心地跑了过去
竟然捡到了一个祭祀用的 "元宝"
他兴奋极了，以为是金的
就捂在怀里朝四下张望，感觉没人
就唰地变成一溜黑烟
天黑了又白了，神啊！我希望那个
元宝是真的，今天早上，就让
所有惊喜都发生在这个可怜人身上吧

香椿

每年春天， 父亲领着我浇完菜园
总会去摘园边上
那些香椿的嫩叶
拿回家揉一揉
再拌上盐末和味精
每一次我们都会吃得小嘴发绿

衣服和头发上
也都沾满了香椿的香
风一吹， 那种浓郁的香味
会让人眩晕或飞起来

而那些暂时被摘光了叶子的香椿
光秃秃的， 很像父亲
空空的手指

——今年春天
当我独自走进菜园
才发现香椿的叶子已经很老了
繁茂的叶子在风中翻动着
发出粼粼绿光
恰好遮掩住了我的悲伤——

寻找

有一次跟小伙伴们在村头玩捉迷藏
我藏在了一个卖瓮人的瓮里
被他的马车拉出了好久，直到天黑了
发现没人来找，才从瓮里钻出来
等我回到了村子，小伙伴们
早已经散了，我失望地回到了家里
偌大的院子已经被月光灌满了
正从院墙的裂口处往外冒溢
除了阴影处婆娑的鬼魂，家里空无一人
我看见挂在墙上的农具已经朽坏
墙根长出许多陌生的杂草
桃树的果子被麻雀啄得剩下了孔洞
老鼠们正大胆地从粮仓里拖着粮食
我吓坏了，打开一扇扇的屋门
急切地喊着父亲和母亲，我的声音
让屋子里虚弱的家什东倒西歪
——我想他们肯定是出去找我了
一条沟一条沟地找，一个草垛
一个草垛地找，一口井一口井地找
一条小路一条小路地找，一个村庄

一个村庄地找，咬牙切齿地找
我顺着他们沿途贴下的寻人启事
去找他们，却怎么也找不到
——我怀疑他们已经找到月亮上去了
他们在月亮上着急地看着我
屁股着火的样子，却再也下不来了

娘总在黄昏时分喊我

肯定是黄昏，日头大且圆
土地庙老、娘矮
扶一根烧火棍，手搭凉棚，嘴干裂，腔长——
此时，炊烟渐稀，锄玉米者回
卖豆腐者回，筑屋者回
醉若泥水者亦回
天如杀过的肥猪，由红开始铁青
娘的心生了火，腔含烟，腔调
顺着藤茎传过来，开成了牵牛花
此时，我正在墨河边的梦里摸鱼
捉蚂蚱、网蝴蝶，或粘知了
而老黄牛兀自吃饱
声若洪钟，眼若铜铃
——我怎么就睡着了呢？弹弓丢失
脸上印满蝴蝶、蚂蚱和麻雀，发若张飞
我怎么就睡着了呢
那块大石头很暖和
像极了娘，而娘，还在喊我
娘：核桃裂开，腔如猫抓
从电话里骤伸出手将我抓醒

醒来：灯红，酒绿

我知道已经回不去了！但娘，还在喊——

还在

那个叫蜗牛的小村子还在， 在草丛里
沉睡的石碑石罗汉还在
三间土屋还在， 残红标语还在
墙缝唱歌的狗尾草还在
麦秸垛还在， 墙上的农具还在
弯腰的老桃树还在
老鸹窝还在
比老桃树更弯腰的爹娘还在
那些铁屑样被吸在坡野的乡亲还在
都还在！ 还在——
那些井台上断胳膊的老辘轳， 怀孕的白菜
身上刺着符咒的蝴蝶
和女巫样的蝙蝠
都还在！ 那光会笑不说话的喜鹊
还有在树林里炸了锅的麻雀
都还在！ 还在——患心脏病的落日
烟囱里飘出的月亮
都还在， 铁汁的星星
半夜就叫的公鸡
都还在， 被老牛咀嚼着

要停下来的光阴

都还在，老队长在打麦场敲响的钟声

都还在，我空空地出去，又空空地回来

秋日书简

我愿意永远是秋日， 村庄开始酿酒
天地之间充满铺金叠玉的温暖
飘飘的大神骑着鸟兽
在山川大泽里隐现
点化着村西那个从小就痴癫的孩子
和草根处那些平淡无奇的顽石
那些流水晶莹、 舒缓、 凝滞地
接近了琥珀， 仿佛无数吨
多情的眼神在此沉淀
野火随着若有若无的笛声静静舞蹈
青藤般缠绕着冰凉的灵魂
还有， 无数沧桑的人在老树下唱歌
任凭落花纷纷， 或被果实击中
头颅扩散着青铜般嗡嗡的晕眩
他们扔掉疾病， 得到意外的蜜饯
我愿意崎岖里的人们
最终消除局限， 纵身一跃
轻易就摘下梦的灯盏
我愿意在天黑前
看到所有的植物动物被充足了电

被从神经末梢开始
战栗着传递过来的幸福猛地点亮
这时,在苍茫的大地之上的
某个神秘角落,药草或
米饭的雾气蒸腾,你叹息着
用手轻轻掠了掠额前那缕
汗湿的头发,就在那一瞬间
有颗小星在你微屈的指间再次出现
像我的爱,孤独、贫穷,却永远闪耀

麦地里的坟

割麦子的时候， 我在麦地深处发现了
一个荒芜的坟头， 如果你不仔细看
很难感觉这是一个人的坟
因为很多年没有填土， 没有祭拜
经年的雨水已经把它冲垮到扁平形态
麦子几乎要将它埋没了
这时候， 有一只黄嘴的鸟突然飞临
在坟顶上左转右转急切地叫喊
收割机慢下来绕了过去
——剃头一样， 麦子很快割完
那个顶着稀疏麦子的坟头
开始突兀， 很像一个独门独户的小院
燥热的风， 唰唰吹着
坟顶上的麦子头重脚轻地晃动
在巨大的空旷的天空下
漠漠的北平原上
显得更加孤独， 无助——我想
等不了多久， 雨水充沛起来， 下一茬
种下的玉米就会汹涌地长满了它的周围

木头

父亲每每伐掉一棵树
都会用斧头仔细削去枝杈
然后竖立在墙角阴干

新鲜的木头
会散出极浓烈的香味
甚至在深夜里
还发出咯咯地响动
让我以为它们会逃跑

慢慢地, 它们消停下来
直至变成一根彻底沉默的愚木

——父亲走后的一个冬天
因为空落和寒冷
我开始用这些木头取暖

当我把它们劈开
扔进炉膛
这些木头竟吱吱喊叫着

涌出热泪，并把它们
浓烈的香味迅速充满屋子

仿佛在告诉我
这么多年，它们并没有死去

羊群

我所看见的羊群是在北平原的初春
它们普遍的肮脏、骚臭
被一个哑巴赶着从村里滚爬出来
拖拖拉拉的，普遍惊恐、慌乱
仿佛难民、乞丐或流放的犯人
这时的天，还是割人的冷
冰冻未消，道路充满怨气
桃树仿佛被烧过，湿漉漉的黑
那些叶芽躲在袄袖里抖嗦着
还不敢伸出半截手指来
剥皮的风裹着草屑
毫不留情地吹着
如在吹一场瘟疫
一些失败或灰烬。它们在坟场
沟坡、断头的灌木间找吃的
或默默凝立，干嚼北风和残雪
或眼睛迷惘，弱弱地喊唤着
似乎已经完全没有了心力
天越发狰狞，哑巴呜啦怪叫着
继续用皮鞭毫不留情地抽打

用石块掷向它们
让羊群更加慌乱、惊恐
仿佛天真的要塌下来了
——可奇迹依旧不会发生
日子，还将一如既往的残忍

还要再慢些

还要再慢些,因为只有这样才能看清
那个被野狗尿过的树桩
已经发出很长的芽
它们在冷风里使劲抖动
仿佛要来拯救什么或等谁去拯救
才能看清那条被垃圾包围的村河
汹涌的水汽在慢慢蒸腾
呈现出一张张让人心碎的脸
才能看清遍体尘土
忙碌的燕子,是不是去年
被老四家的惊马弄伤的那些
在角落里,它们小心呕吐着泥水
依照水缸、草帽、葫芦的样子
修筑着新窝,揭示了什么
才能看清楚那条湿漉漉的小路
是被谁狠狠哭过的
太阳是怎样照暖了被牛屎涂抹的墙
那个被冻僵,又缓过来的傻汉
瘸拐地走着,是怎样突然
把那件油灰的棉袄扔到水沟

沙哑地喊起来， 彻夜不休
他到底有着怎样的悲愤
只有这样， 我才能看清最早的那一朵花
到底散发出了怎样的香气
到底是虚幻的还是真实的
只有这样我才能看清
风到底是从哪里来的， 它要告诉我们什么
还有什么是我们继续
寻找的， 有什么已被我们无耻的遗忘

晚年

那时候，即使我们已经走到月亮上
也一定要回来，回到北平原
那个我们曾逃离的地方
那时候腿脚也许不利索了，但我们会
相互搀扶着一起去看看夕阳
这个爱骑独轮车爱恶作剧的老伙计
以前因为忙碌，真没仔细看过他的表演啊
他的暖会渗进潮冷的骨缝
他会说：轻松点，不要总拉着脸
我们还会去村后桃园
那里和土堆一样坐着的都是亲人
我们每走一步，脚和泥土接触
会瞬间凹陷出幽光。我们会
找到一棵老桃树然后抱着它
它会用叶子惊讶地说：真好
你们还爱着呀——真好
我们会去看望一些仇人，死去和健在的
相信我们都会哆嗦着软下来
做了一辈子冤家，不容易啊
我们还会久久站在大路边

望着那些仿佛流水和煤灰的陌生人
近了又远去， 只在心中
默默祝福他们有个好前程
在我们晚年， 亲爱的！ 我还会轻轻吻你
你草味的头发， 发木的耳朵
爱流泪的眼睛， 流感的鼻子
电线样纠缠的皱纹， 干瘪流口水的嘴唇
我还会去吻你脸上那些蝴蝶的斑块
每吻一下， 他们就动一动动一动
最后它们飞了起来， 牵引着
我们一起， 竟真的飞了飞了起来

辑二 北平原上的人们

挖掘

有时是在鸡鸣声里， 有时是在驴叫
羊咩、 狗吠声里。 父亲总用铁锹
在挖着什么。 有时在挖坑
挖深了谁的伤口？ 大多时候
是在平复和掩盖
有时是在堆一个自己也过不去的疙瘩
有时会惊讶地挖到一些散碎骨头
就小心包起来， 找个地方郑重埋了
在上面插几根树枝， 念念有词
有时他是背对着我们
有时是侧着，或正对着我们
有时他只是一个人
有时却瞬间分蘖成无数个
都是同一种姿势， 从来就没有停过
有时他们清晰、 突兀
像金山银山，金人铜人， 他们的力量
让日月晃动， 让江河倒着腿走路
让大地颠覆，群山战栗， 让巨石
飞起来，最后砸在自己的脚上
血肉糜烂， 却没听见喊疼

甚至还在虔诚地赎罪
更多时候他们模糊， 看不清脸庞
只有在梦里才能寻觅到一丝丝回声
似被无数的鞭子恐吓着
喇叭催着， 绳子捆绑着
更多时候， 他们似乎完全给隐身了
留下了无数铁锹自己在挥舞
庄稼自己在生长， 留下季节
自己在轮回， 他们却不知所踪
只有孤独的风依旧吹拂着玄秘星群

夜游者

我是个有夜游症的人，每当深夜来临
我就会拿着手电筒在北平原腹地游荡
有时候鸡叫到三遍才疲惫地归来
有天夜里，当我回过头，猛然发现
远处有个和我同样的人
也拿着手电筒和我走在同一条路上
顿时警觉起来，以为真的是
遇到了传说中劫道的贼
就自然地抄起了水沟边的一根棍子
他似乎明白了我的意思，也停了下来
就这样反复了好多次，竟相安无事
我走的时候他也走
我停下他也停下
似乎是在故意和我保持一段距离
这样又反复了好多夜晚，也就放心了
感觉这是个和我相近的人
或许也有着生的尴尬和苦闷
以后的夜晚，我们就开始熟悉了
甚至可以默契地用手电筒的闪光
打招呼了，深夜里，我们走走停停

像两颗落在草间的星星
这样持续了好久。有天夜里
我拿了两个手电筒：一个亮着
绑在了路边的桃树上
另一个哑着，操在我手上
我小心翼翼地向他停顿的位置
迂回地靠近，然后猛地打开手电筒
喊了声：老伙计！他怪叫一声跌撞着跑掉
我见到一个在我们村已经失踪多年的人

春风又一次来到人间

春风又一次来到人间， 血液流速加快
屋前屋后还有屋顶上的耗子们
也兴奋地直直发抖、 哆嗦， 彻夜不眠
大地死过了一次又活了过来
似乎已经没什么可怕的事情了
我注意到住在村子最后头的老哑巴
也打开了院门， 他的黑棉袄敞开着
腰间扎了一根油灰的绳子
我大约有一个冬天都没见到他了
整个冬天里， 人们靠他家的烟囱里
能否飘出烟来分辨他是否还活着
他的岁数连他自己也数不清了
这个寂寞的人， 把门打开的声音很大
并啊啊叫着打扑着喉咙里的尘土
他似乎也在向村人证明他还活着
并顺手拿起一把生锈的铁锹
向村后的菜园走去， 他这是想去
试试园子里的土地有多么喧腾吧
他在菜园里上瘾地翻了好大一片地
出了很多汗， 就走到旁边的一棵

老梨树干上去蹭痒，边蹭边嘎嘎笑着
老梨树黑色的杈丫处就猛地迸出
几个柔嫩的叶芽。这是老哑巴
出生那年栽下的一棵梨树，每年
它蹿出的叶子和花都比周围的梨树多得多
果实也多，但却紧巴和酸涩
似乎那么多年仍有很多东西不能释怀
连哑巴也不爱吃，很多果实
就那么一直在树上吊着，发黑
直到春天解冻才慢慢地落到了地上

好风景

我想描写一个秋天，火车远去，
田野沉淀果香，手指与头发接触
会引发出静电，化石里的虫子
恶补鸣叫，似要吃谁的肉
路上再也没有挨打的人们
也没有被菜刀追赶的偷牛贼
也没有冒着黑烟鬼使神差的无牌卡车
那时候，父亲和母亲
也回来了，彻底治好怪病
村庄里所有所有消失的人都回来了
包括跳井寻死的王寡妇
疯掉走失的李足
被煤矿活埋的吴猴
还有从小被拐骗到未知的徐丫头
以及要饭去了外乡的铁拐李
还有很多我们从来没见过的人和牲畜
他们全回来了，全都红光满面
体态轻盈的样子
仿佛已脱胎换骨
或刚从大炉里重新塑造出来

他们拥抱着寒暄，或不正经地笑骂
然后相互攥着手，小心地
赞美满坡的好风景
赞美天上出神的云朵
似乎好多年了他们是第一次
看到田野这么美，云朵这么美
还没细细回味，美的一天眨眼就飞了
就像你在凝视一群色彩炫丽的蝴蝶
看着看着就消失了，而眼睛
却花在了那里，最后
你睁眼瞎样用手四处乱摸起来
竟全是些粗糙冰凉的水泥

再次写到落日

再次写到落日， 是因为它已经实在
疲惫不堪， 它圆睁的眼睛
一定是谁用一根柴棍硬撑起来的
大地缓缓摊开了酱紫色的汁液
它加重了那些道路的弯曲
还有那些老旧拖拉机的叫喊声
加重了散发霉味的庄稼、 桃树林
低飞归巢的鸟群， 加重了小院的炊烟
——它们徘徊着， 迟迟不肯散去
像一些纠缠着无法升天的魂
加重了家禽们无端的咳嗽
还有旧农药瓶的口哨
和塑料袋子的风声
加重了一个满脸核桃纹的老婆婆
和她的劳作， 她在费劲地清洗
工厂丢弃的一些沾满污垢的篷布
这是一个在我们村生活了
七十多年的老人， 没有名字
她逃过荒， 要过饭， 生育了七个儿女
熬到这把年纪不容易啊

她现在要面对多种病痛
而对于落日的重量， 却早已习以为常
远没有了年轻时候的哀怨与叹息
现在， 她只想早一点将篷布洗净
回家伺候瘫痪的老伴， 喂鸡喂鸭
浑红的落日下， 只听见哗啦
哗啦——仿佛在随意翻动生锈的铁皮

月光下的小偷

他几乎是飞到了树梢上
仿佛还要飞到月亮上
但还是被人拽下来
那么多愤怒的拳头，快要把他砸成
一张肉饼了，似乎再也飞不起来了
他的发撕去半头
耳朵变形，门牙掉了
眼角嘴角流血，一动也不敢动了
他跪在地上抱住头
声息微弱地告饶
张家的牛，李家的羊，慈家的鸡
陈家的大肥猪，他承认都是他偷的
承认过后，又被狠狠踢了几脚
就被一根拴狗的链子绑住
让拖拉机拖着，拴在大队部院子里
他似乎已经晕过去了
趴着没有声息
苦主们激动地聚集在大队部的灯下
开始争论如何处置
有人说送局子

有人说要他把偷的东西先吐出来
有人说就算了吧！ 还是个孩子
根本找不到结果——第二天早上
我从那里经过， 他们还在争论
不过现在是在激烈地指责彼此的过错了
桌子窗户都给拍碎了
马上要打起来
原来昨晚的小偷， 趁着他们不注意
打开捆绑又飞了。 这时， 我的脚
明显打飘发虚了， 身子也哆嗦
我突然就发现， 自己
似乎也偷了很多东西， 身上的锁链
却越来越紧， 再也飞不走了

路遇一座无名坟茔

田野的肝火消退， 风吹灭灯笼
最后一辆牛车， 慢吞吞地
脱离开视线。车斗里， 拉着
一个彻底累坏了的人
似乎只剩下哼唧唧的半条土命
让一群蝙蝠忽然无头乱撞
让月亮幽幽地飘弥出来
苍白、 脆薄——如村里
那个磨坊主的女儿
在娘胎里就生病， 药汁泡出叛逆
却在土地庙对灯发誓，
私订终身， 怀上了外乡艺人的野种
险些被浸了猪笼
然后在一个雨夜私奔， 慌乱中
坠井而死， 死时满脸微笑
仿佛野桃花开放——让一个
疯男人至今摸着刀疤神志不清
他的话颠三倒四， 却重复一个字：红
他的胡琴挂在树上， 口哨
更接近于幻听， 他从怀里

摸出的手绢绣着鸳鸯
却漫漶模糊，像一摊旧年的血迹
空虚狠狠袭来，我趔趄着
捂住胸口，准备去一个
叫猛虎的村子找人浇愁
走到半截，腿就怎么也拔不动了
我碰到的是一个无名坟茔
杂草丛生，它让我停下来
在它对面盘腿凝视，直到
发涩的眼里逸出几颗冰凉的星
咳出的血，染红几朵素白的小花

蝴蝶

仿佛是谁的魂魄， 谁天真的想法
仿佛谁的伤口在寂寞地翕张
而那些斑纹是映出的魔幻尘世
似乎对世界总有着无穷的好奇
哪怕是一只竖耳的野兔
几粒上树的蚂蚁
——现在， 正是桃花村歇晌时辰
所有的庄稼在梦里拔节， 柳树下
有个汉子仰着脸睡死了
沧桑的额头正好可以泊下这只蝴蝶
空气里弥散着少女的体香
挂锄的村庄亦彻底睡死过去
天地间似乎谁也不敢
再弄出一点动静
似乎只剩下这两个翅膀
还在翕张、 开合
仿佛天堂里遗失多年的窗扇
——我要写的是一个叫蝴蝶的女孩
是村东柳树下刘老实的小女儿
我的小学同桌， 脸上有颗美人痣

爱痴痴地笑，爱穿白裙子
从前总在我梦里飞来飞去
后来飞到广东，怀着孩子
从高楼顶端往下飞
看来很重！那一刻，她是真飞不动了

哑巴

铜钹的黄昏， 哑巴终于从外面回来了
背着一条油污鼓胀的化肥袋子
左腿挽着裤管
青筋暴突的脖颈上
拴着一根黏结的红领带
脚上是一双新布鞋
还拉扯着一个呆哑的女人， 呜啦欢叫
实际上哑巴消失了这么多年
大家并没觉得少了些什么
倒是他回来了
村子仿佛一时缺氧
——狗欺生的吠咬， 蝇虫纠缠
潦草的孩子们紧紧地尾随、 吆喝
那么多紧闭的院门挤出了头颅
哑巴脚步混乱
幸福地浑身冒着烟雾
在慷慨向人们扔散着糖果
仔细看， 他的脸有些肿
腿也瘸， 像被揍过
三年了！ 他兴奋地像踩着一朵祥云

飞快地来到老屋前
使劲拍着那扇
腐朽的门板， 等娘出来开门
动静很大， 所有的动物都惊了
门前的白玉兰和红玉兰抖颤着
落下了花瓣， 实际上
娘在他出走那年就已经死了
可他还在使劲拍着， 拍着——

树上的孩子

已经很久了，那个努力爬上树的孩子
一动不动，似乎已经睡了过去
像一块粘在树枝的泥巴
他的头发仿佛被烧过
脸是五花的，背心破了很多洞
裤子犹如生锈的铁皮
他的手和胳膊紧紧抱住那根树枝
生怕掉下来，他的课本
在树下的石头上，被风使劲翻着
这是个很小的孩子
却已经倔强地能爬上高大的树了
他似乎有些紧张
他的紧张让发抖的树叶结巴起来
但没有喊出声来。已经很久了
这个在树上趴着不敢动的孩子
猛地抬起头，茫然地望着
村口这条发白的道路
除了几只虚幻的野兔
流浪的猫狗，没有一个人走过来
已经很久了，树叶子都慢慢地黄了

有些飘然落了下来， 可道路上
还是不见一个人走过来
很显然， 这个孩子的脸上涌出失望和孤独
他的失望和孤独， 让托住他的
那根树枝开始弯曲
他想下来， 却怎么也下不来
他害怕了， 他的害怕
让那根疲惫的树枝在我们身体里
似乎咔嚓——异常清晰地响了一声
有些什么就咕咚一下子摔碎在地上

鸟群

好多年了， 它们每晚都从我屋后经过
发出低沉， 而又神秘的鸣叫
它们舒展的翅膀与空气摩擦
在星空下唰——唰——格外清晰
有时候它们也会在我房顶逗留片刻
坚硬的长喙使劲剥啄着青黑的瓦楞
似在焦急地寻找什么
它们的爪子、 眼睛
会时不时地迸出火星
牵引下幽冥的电闪

有时候， 它们也会轻易来到梦里
眼睛像两束直射出很远的手电
不断地向黑暗处交叉探寻着什么
它们就在我的天灵处逡巡、 唱歌
或者散发出鼻息样轻微的叹息
如在等一个植物人奇迹般地醒来
到了后来， 我终于忍不住了
在一个失眠的午夜
着了火一般跑了出去
——在无限哀伤的月光下

才发现，还有那么多和我一样的人
全部赤裸，全部臃肿而丑陋
全部向着鸟群张开双臂，饥渴地呼喊
嘴里飘出了和鸟群类似的鸣声
如一个个孤儿，在渴望拥抱的温暖
月亮使劲睁大血丝的眼睛
想要证明什么
可鸟群竟惊恐着呼啦
一下子逃散，仿佛从来就不认识我们

大雨

雨点们的大脚狠狠地踩着北平原
庄稼的方阵被踩得紧紧抱成团
湖泊的脸难看死了
仿佛中了无数颗子弹
鱼们被迫飞上了迷蒙的天空
旋又被踩进了泥潭中
戴眼镜的青蛙们被踩得叽叽呱呱
喊叫声一片接着一片
老火车被踩得是一步都不敢向前走了
软软趴在那里，喘着粗气
像一大段记忆，被踩住
被洗去锈迹，不得不露出了
那些有些陌生了的面孔
火车司机像是被踩昏了头
慌乱之间，以为到了站口
猛然摁响了粗嗓门的汽笛
放出一个个形色不一
似曾相识的小人儿。他们先是
欢跃地等待认领
但很快就被绝望地踩进泥水

——雨后,很多人扛着铁锹、镢头
跑向田野,使劲挖着什么
然后又懊丧地忍不住跪下大哭
泪点狠狠的,似乎
要把他们的身体也踩进北平原

去猛虎村寻找一个叫棍子的人

我们早先合伙在村口栽下的一棵梨树
已经长大， 我们曾经在树根部
埋过一只狗， 一只猫， 一只鸡的尸体
梨树异常粗壮， 满树繁花开得凶猛
隐约传出狗叫猫叫和鸡叫声

棍子早年就住在村口
他父亲常年在兖州挖煤
母亲是个浑身裂缝的药罐
他就成了全村最野的孩子

哦！ 我记得他曾带领我蒙着面
用弓箭射烂了哑巴家的向日葵盘
被哑巴啊啊追着跳进了墨水河
曾经提着一条蛇去坏心眼的队长家
索要救济， 也曾用弹弓和火柴枪
抓住了一个拉肚子的偷鸡贼

——我和棍子有 30 年没见了
除了梦， 竟无任何联系

现在， 我正在向村人
打听他的下落， 怎么也打听不到
有的干脆就说猛虎村就没有这么个人

落日开始摇晃的时候
有一个驼背的老者走了过来
他背着光， 看不清他的脸庞
他看见我就愣住了
细细端详后疑惑着问我：
"你是棍子吧？ 这么多年了
去哪里发财了？" 声音怪异如鬼魂

我木木地站着， 使劲拧着自己的耳朵
——眼前瞬间迸裂出漫天低矮的星星

傻子

每年春天都会有人来此上坟烧纸
靠近坟头的桃花开得最繁盛
每一次都不会听见哭声
只有一些纸灰在空中乱飞
幻作一只只花纹诡异的蝴蝶

那些摆供的果子和面食
每年都会被一个傻子心安理得地拿走了
他浑身漆黑，如从灰里出来
他边吃边笑，然后无影无踪

他扔掉的果核来年会生出很多的幼苗
在角落里傻傻地摆动手掌
仿佛等待有人来认领
直到孤独地长成一丛丛错乱的矮灌木

我几乎每年春天回北平原上坟时
都会看见这个著名的傻子
他总是同一身装束，同一个年纪

仿佛时代和岁月对他也毫无办法
他来自哪里又去了哪里
对于我们来说永远是个谜——

河西

庄稼站直了扭损的身子，抚弄伤口
蚂蚱终于挣脱狗尾草茎的束缚
雷劈过的树桩痉挛地抽出新芽
微尘悲悯地撒落在无数青黑的屋顶
牛头反刍、吐气，让光猛地暗了下来
让被蜜蜂蜇过的孩子揉红眼圈
他的小筐里采到了一些紫红和素白
风终于停了下来
麻雀收拢起疲惫的翅膀，
相互啄磨着尖的喙嘴
黄鼠狼开始出没于菊香暗淡的墓园
宽阔的河流慢下来，逝去波涛
炊烟下，烧火老人不停流泪
对着虚空发呆
飘出米酿的惆怅
一个传说中的小偷在河水里洗净心肺
在破庙里跪着祈祷
野生的第三只手在慢慢收缩、消失
而多年的冤家在一条独木桥相遇
秘密被揭开，打断的骨头接续

你也终于拖拉着失败的影子回到这里
从河东的城市到河西只有三十里
你却走了三十年
此时，肝火熄灭
眼神里的戾气消散，你终于卸下
那些包袱、铁皮、蒺藜或糖衣
平静了下来，并向那聚成人形的
雾跪下——说出迷途中所发生的一切

春丧

堆在墙角的木头蹿出了满身的叶芽
仿佛还不知道自己已经死去
村庄在沉睡
一只陌生的鸟在叫
撕开了那么多的白布条

天突然亮起来，一个影子从村口
弓着腰踉跄着飘过来
泥塑的鼓手们夸张地响了
胡同、大街、墙头、树杈上
顿时长满了黑鸦一样的人——

训诫

全村唯一的一棵桑树就在我家
每年夏天，结出很多紫黑的果实
然后被收药的人拿走
父亲从小就训诫我说
千万别吃，会毒死人——

我见过人是怎么毒死的
那是邻居小雪的娘
因为赶集把打酱油的钱被小偷偷了
被小雪的爹狠狠揍了一顿
就喝了墙角的农药
满地打滚，口吐白沫

嘴唇紫黑紫黑的
很像很像桑葚的颜色
我也因此成为我们村最听话和胆小的人

——因为那些训诫
我很晚才感受到桑葚的甜
那些甜，紫黑色，透着酸，让人战栗

荒野

所有的电线杆都说，邻省的玉皇村
出了一位奇人，在中午10点
至11点之间有神仙附体
能知晓人的前生后世

苦闷多年的我
决定求她去指点迷津。到玉皇村
大约有两条路，一条是
车流滚滚的柏油路
一条是落叶纷纷不能车马的小路
步行需要三天时间
为了表示虔诚，我选择了后者

路上，我遇到一只施展幻术的狐狸
被跟随的狗吓跑了，又遇到一个
打劫的土匪，抢走了我的盘缠
经过一个路边野店时
决定在那里过夜
顺便乞讨些饭食充饥

当我第二天醒来，才发现野店
消失，所有的道路和方向
消失。我已经置身于一片混沌的荒野

村河

刀子软了，蚂蚁拱破泥封
蜂虫欲燃，地气氤氲着
让老树林幽暗、神秘
村河的话匣子越说越离谱
几乎能浮起秤砣
草鱼、白鲢和红鲤激动地蹿跳
犹如刚刚从黑牢里脱逃出来
在河底下沉睡的人
悄悄爬上岸，浑身绿藻
去敲岸边的木门
门已被破坏，里面有狗在寻欢
人不知所往。他咣当倒下
瘫痪的房屋，竟嘎嘎站起来
燕子们开始铺天盖地地
在附近聚集，它们身穿丧服
眼圈发黑，结痂的伤口里
埋着路上的离乱
它们语速很快，像在切菜
倒出积攒的苦
这时，一匹小红马轻松地

从远处跑过来
村河让它着了迷， 它打着响鼻
亢奋地向水花翘起了前蹄
看得出， 它的脊背
尚无磨损的痕迹
还对一切毫无所知
包括眼前这条已经
吃过了好多人和牲畜的村河

后半夜

后半夜，听见有人在断续地哭
哭得很压抑，像一朵花，一盏灯
尽量开到最小，似乎怕惊动了谁

这是个外地要饭来的寡妇
右脚跛残，早先委身于本村的一个哑巴
没几年，哑巴患癌症病死
接着独生儿子又殁于车祸
最后，她被唾沫淹成了扫把星

孤寂的夜里，她定是在
反刍身世的悲苦了
哭声里，苦瓜的藤茎在墙头闪电蔓延
把果实垂吊到每一孔模糊的院门
星泪颤抖着，或忍不住滑落
哭丧的树木默默披挂起铅衣
村庄的梦啊！又压上了一块大石头

可怜的人，还在继续哭着
似乎今晚，要把她一生的酸楚一点一点

全部从心里抽出来， 漂白出月亮

想去劝慰劝慰她， 而哭声
却一忽儿在眼前
一忽儿又仿佛远在另外的世界
怎么也寻不到她了， 就疑惑起来
我开始怀疑自己就是那个人， 在未知处
哭泣瑟缩， 如一堆被鄙弃的海蜇

水边

知了在油锅里乱响， 鸟声催眠
梦让青色的大石头彻底变轻
矮灌木疯长， 咬住了半截碎花的袖子
淹过人的河水， 满脸无辜
却缟素般肃静
悠悠漂浮着无主的芙蕖
芙蕖酷似那人的绣鞋， 让冲下来的
庄稼和白云遗憾
而我会一直守在水边
披挂先前的竹笠， 发白的蓑衣
默念起暗语， 抖瑟信物
任生锈的汽车独自返回， 工厂长草
任荣华在股市里化作泡沫
水里， 会不时有鱼儿泼剌出红鳞
让病树生烟， 雨点生锈
让群山使劲抱住头
眩晕流泪。 这时， 鱼尾微翘
唇际会疑惑着冒出问号
若当年初识的样子
依然二八姿色， 依然喜欢

梦的棉花糖。而我早已僵硬
心若铜锁、皮囊皱缩
在风吹薄落日前空等一把还魂的钥匙
然后有人急急地喊我黑蛋
而我还会痴痴叫她：小红——

晚秋

芦苇的白发恍惚。 树影子虚弱
垂怜地打在了收割后的高粱地上
或用落叶在使劲扇着谁的耳光
疲惫的小路被谁追赶
仓皇撞向村西的坟场
而落日， 是被无声割掉的头颅
在红着眼， 发出了沙沙声响
有人在田野里累得突然犯了病
趴跪着倒气、 咳嗽——
仿佛要把老天咳下来， 咳出火光
大风却使劲捂着他的嘴
似乎不想让他出更多的动静
似乎很快就会被吹灭， 他焦虑着
心开始冒烟——他多想
有谁能帮他一把啊
哪怕是一只扛粮的田鼠， 孤独的麻雀
或是一个幻成了人形的鬼魂
可现在田野里只有空寂和荒凉
这是他的第六十个晚秋了
蛐蛐缝着伤口， 他的背很驼

腮肿得屈， 皮肉坍塌， 骨髓透冷
眼角儿， 偶尔会飘出一些死灰
但更多的是， 明亮和热望——

父亲已经说不出话了

因为肺病，父亲半年来昼夜咳嗽
已经说不出话了，春风再度吹着他
这个63岁，几乎一夜间就衰老的老人
当他渴了，他就用手指一指暖瓶
饿了就拍拍肚子，生气了
就任性地不吃也不喝
仿佛是我们全家人的孩子
连一向顽皮的儿子都在学着哄他了
儿子把平时自己喜欢玩的吃的
一股脑全部放在了父亲的炕头上
他吃力地抚弄着儿子的头，想说什么
却哑哑地怎么也说不明白
儿子给玩具们上足了弦
让它们喊爷爷，或者把妙脆角
戴在手指上给父亲吃
父亲想笑一笑，除了脸上皱纹在动
喉咙里只发出一些干燥的沙沙声——
这就是我现在的父亲，已经好久
没说过一句囫囵话的父亲
曾经喊我去打狗而我却去撵鸡

最后鸡飞蛋打，狗急跳墙
怒火烧煳了头发的父亲
他也许再也骂不动我们了
尽管他交给我们的农活我们依旧没有干好
春天里，我们望着自己耕过的歪扭的犁沟
沮丧地坐在地头上不说一句话
春风吹过来，我们竖起来耳朵
使劲听着，村庄里除了鸡狗牛羊的声音
就只剩下父亲的咳嗽声在沙沙地响着

淹没

暮色里，一个人走向田野，这是个
看坡人，他摇摇晃晃地扛着
锃亮的铁锹。头顶紊乱的蚊虫
步履显得老迈滞重
秋，已经深了——庄稼绿得发黑
淹过猫狗的沟渠里盛开白花
小路依旧被野草和庄稼挤得忍气吞声
隐身的虫子依旧在叫魂
孤苦的坟头开始慢腾腾吐出蓝霭
他发现一只麻雀，在眼前
虚晃了一下，扔下一个
灰灰的眼神，扑哧就飞远了
却很快就被发黑的绿吸纳得干净
几个黄鼠狼，竖耳咳嗽着
朝他神秘地摆手，旋即
也被吸纳于无迹，统统没有遗下
任何的波澜。田野像个无底洞——
想到这里，他感到莫名的口渴和心慌
因为周围现在是不见一个活物了
他鸡仔样地哆嗦起来

似乎自己也会很快被吸纳干净
不会留下一点骨头
他就咣当扔下铁锹， 跌撞着
跑了起来， 扔下了多年看坡的营生
这么多年了， 他是第一次
被吓破了胆。 而那些黑绿
却更加安静， 悄悄吐出草灰的
月亮， 不担心有谁会逃出它的黑掌

春天

星河慢慢解冻， 天空开始摇晃
种子的胳膊悄悄摸上月亮的窗棂
这是春天， 地底的雷声踢着
腐朽的棺木板。 枪炮生锈
灰烬里， 不断地飞出尖叫的蝙蝠
这是春天， 土地庙里的泥罗汉
被白毛狐狸鼓噪着迈开腿脚
它们要急着去投胎
它们宁愿托生成小草或者蚂蚁
这是春天， 小兽偷换上衣服
狗嘴试着吐出象牙， 镜子的裂纹
自然地愈合， 土墙长出耳朵
这是春天， 哑巴开始用伤口说话
跛子扔掉发芽的拐棍， 盲人
倒着腿走路， 脑后眨出眼睛
这是春天， 有人在野外的树林降生
见风就长， 有人赤脚走在归途
有人一进门就笑着死去， 还有人
之前未现半丝征兆， 在地里干着农活
突然， 推开锄头就疯了

嘴巴终于揭开隐藏多年的恶行
并在一个风高的夜晚莫名走失
杳无音信。这是春天，汗珠
孵出蝴蝶，苦楝树结出了
红樱桃，晒干的咸鱼在沙滩
动了动，翻身游入蔚蓝的大海

绿

绿是一大片饥饿的野兽
刚刚睡足。 羊抬头
有些呆了， 忘记吃草
此时， 有雨线垂下
斜斜的， 如老电影的幕布
小路如网
一辆小轿车摇摇晃晃迷路了
司机摇下玻璃
用普通话焦急地询问一只鸟
——很快就苍茫了
雨停。 小轿车生锈
干瘪。 成了一小堆废铁

废弃的小屋

春风是一群越来越壮大的怪兽
有红的、 黄的、 绿的、 紫的——
它们汹涌、 咆哮, 彻夜不眠

它们在山野上恣肆, 不可阻挡
把所有的鸡鸭牛羊所有的动物吃掉后
就发现了这座孤零零的房子
就用它们巨灵的手掌
野蛮地捶打着裂缝的木门

房子空了好久, 只战战兢兢地颤抖
不会有谁前来回应
捶门的声音却越来越粗暴
最后, 整个山谷都动摇起来

屋内桌子上, 几把生锈的剪刀, 被惊醒
猛地挣脱了多年的铁锈
瞬间折射出光亮
然后鸟一样鸣叫着, 破门而出——

翻土

他显然就不是个经常干活的人
皮肤白皙，大汗淋漓
他似乎还在跟谁赌气
姿势夸张，如一只大鸟
仿佛随时就能飞起来

每一锨土落下
远处的厂房就剧烈地晃动
春天了，他一定要种下些什么

这时，许多辆恐龙状的挖掘机
从远处开了过来
将他团团围住
他甚至连头也没有抬

刺青的司机们使劲摁着喇叭
愤怒地喊叫，制造危险

可他仍在安静地翻土
对周围的一切恍如不见

似乎自己才是这片

土地的中心，似乎着了邪魔

看海

年轻的时候我有一个不切合实际的梦
就是和桃花园里的一个女孩步行去看海
她还不算丑，脸上有几个可爱的雀子
丰乳肥臀，能孕育出无穷的梦
最灵的卦师说她将成为我未来的妻子
我很穷，很瘦，营养不良
眼前经常会出现幻觉
他们说得多了，我就相信了
并坚定了我的计划
就是和未来能成为我妻子的人步行去看海
为此我准备了很多
比如一个指南针
一张油纸做成的帐篷，很多干粮和咸菜
一些风干的桃肉，一把锯片磨成的小刀——
当我兴致勃勃地准备这些的时候
她却跟一个杀猪的跑了
连一张纸片也没给我留下
留下我一个人木木地
在桃花园中的阴阳树上啸叫了几声
就一个人走了——后来

她又一个人回到桃花园， 衣服很破
肚子很大， 似乎积攒了无穷的苦水
她回来的时候， 我已经满脸胡须
一身灰尘地来到了遥远的梦中的海边
看到因为孤独而深蓝的大海
困兽般号叫着什么
海风吹着我残破空荡的衣管
也吹着沙滩上的塑料袋、 方便面盒
我难过极了
有什么不断从黄铜的月亮上涌了下来

在乡间的小路上

深秋， 我和现代农庄梦想者冠华
走在村后那条机器压翻的小路
太阳刚刚出生， 草上的霜化了
湿漉漉的， 似乎梦里被谁哭过
拾荒的老人， 脊骨让悲伤压得严重
咳嗽声暴戾， 仿佛和谁有仇
此时， 北平原有些虚弱
而我们的亢奋和激烈， 惊起了
一大片觅食或麻醉的麻雀
——昨夜的酒精在继续发力
太阳穴的痛疼， 让稀疏高大的杨树
不断地摔下了铁锈
似乎在天上或虚无里
有谁正在使劲地拔着我们
太阳热烈， 虫子恢复疯狂
眯着眼， 我们看到一小朵金黄的野花
把它疲惫的头枕在锃亮铁轨上
美美地睡着了， 北平原也在睡着
沉溺在生育的沧桑， 现出原始的静
只让所有的光， 全都集中在

铁轨上，那一朵熟睡的黄花了
——却让我们感到一阵阵
来自莫名的危险
从而最终交出荒凉和战栗的泪水
我们相信，背后的脚印
很快就会消失，多年后，在这条
路上，不会有人还能记得我们——

北平原

所有的房子都是父亲筑成
用泥土打墙， 门口向阳
所有的女人都丰乳肥臀， 能生能养

所有的棉花都由母亲采摘
她们在地上、 屋顶翻晒
有些被大风突然就吹到了天上

所有的河水都淹死过人
死了就在土地庙用纸马
把他们游荡的灵魂
发送到 "西南" 这个神秘的地方

所有的道路都通向未知的远处
路上杂草丛生， 神秘莫测
时常会有黄鼠狼和狐狸出没

所有的人衣服上都有土
眉毛、 鼻子上有土
嗓子里有土， 没法洗干净

仿佛早上从土里出来
晚上，再悄悄地回到土里

所有的工厂都找不到这里
这里只生产男人、女人、动物和植物

天很快就要暖和起来

花朵散发出血腥， 风轻轻拉魂
沧桑的失眠人进入了梨树的梦园
河的锁链酥了
禁锢的小船划到对岸
林中的红纱巾腐烂， 歌声消逝
留下一堆焚烧的灰烬反复聚散

天很快就要暖和起来
出外讨生活的人可以在星光下露宿
轻易找到食物
走失多年的孩子跟随蜜蜂归来
后面有一群羊护送
失明的人， 眼白渐渐映出天堂
恶鬼跑了， 判刑的人
被提前释放， 他要做个好木匠
让广告牌上的仙女凡心涌动

那棵从飞机上掉下来的草根
落地的瞬间， 让风吹飘起来了
那些埋在泥土里的砖瓦纷纷跳出

倒塌多年的庙宇瞬间矗立

天很快就要暖和起来
尽管仍然很冷
有什么还在狠狠绑着胳膊和腿脚
你还在虚无里落寞
满脸乌云， 怀孕着秘密
但天很快就要暖和起来
传说的好日子马上就要来到了
尽管我们已青春不再， 日渐老迈
成吨成吨的雪倾倒在凋谢的头颅

一只羊

现在我要单独写写一只羊
这也许是北平原上最后一只羊了
春风无限浩荡， 远处的蜃景
在高个子塔吊和白云的巫术中
更加玄幻， 一只羊的眼睛
就从我这些粗糙的稿纸后面
浮现出来了， 还是我先前
放过的那一只， 它的肚子
似乎永远也填不饱， 老在咀嚼什么
它的角很长， 先前被谁
弯成了两个呼啦圈
现在却开始咯咯伸展开来
像愤怒的弯弓， 从它的胡须来看
它的年岁已经很大了
它的声音里竟然混合着
摩托车汽车发动的声音
它的毛闪光， 里面似乎藏着钢针
此时， 所有人都跑了， 村庄成了灰
有一座严肃的工厂旁若无人地
朝这里蔓延过来， 让无数昆虫

尖叫着逃窜。很显然
这只羊成为剩下的最大的动物了
我却没有发现它有丝毫恐惧
仔细一看，这羊咀嚼的竟然是
砖块、玻璃和生铁，肠胃里
发出金属和石块粉碎的声音
嘴边不时飘出火苗
慢慢地，在我走神的时候
它几乎消化掉整座野蛮的工厂
惊慌的大地开始恢复它本来面目

梦见父亲

梦见父亲，是在一个槐花衰败的深夜
他进来得毫无声息，像一团雾
没碰倒陶坊里的任何家什
他就站在我的炕前，蠕动兔唇
轻轻摇晃我被疲累煮熟的身体
让他上炕歇会，怎么也不肯
说马上就要走，似有什么禁忌
他的脸被凿刻，堆满遗传的愁苦
背驼得厉害，胸口要抵住了膝盖
仿佛想在地上捡拾些什么
依旧凶狠地抽烟，虚弱地咳嗽
喉管里间歇传出了旧风箱的噪音
依旧爱唠叨，仿佛装着无数个心
他说房顶被老鼠们啃出了洞
猪圈的缝隙被拱得越来越大
让他老睡不着，要我赶紧补上
他说牛草要勤续，在地里要舍得下苦
粮食要多藏，要提防荒年
——兔唇磨破，飘出了火星
鸡叫到了三遍，他说他要走了

转身缓慢， 心还没有彻底放下
他怔在那里犹豫， 然后就开始
在一个补丁里使劲掏着， 手抖嗦
攥着一把油烂、 汗腥的零钱伸递过来

不安

一只狗在半夜里突然发起狂来了
它使劲咬拽着铁链，簌簌发抖
或狼一样警醒地叫着
仿佛有比刀子铁棍还要厉害的东西
说不清的东西就在近处隐身
当我披衣出来，除了越来越
模糊的星空，什么也没有
就大声呵斥住了它
可转身，它又在我的梦里继续疯狂
——狗毛飘飞，碎的狗牙闪光
就在我惶惑的瞬间
大树的叶子像受惊的头发
猛地竖了起来，它的根一抽一抽，
把坚硬的院墙也弄裂了
仔细听听，我感觉地底下有无数
驴嘶马叫，刀斧错乱的撞击声
以及汹涌的狂妄的脚步和喊杀声
我的母亲被吵醒了
大喇叭喊她去合同上摁了手印
血红的手印怎么洗也洗不干净

直到整条胳膊整个人都是红的
她说她的眼皮一直跳
心惶惶的，眼前经常会出现幻觉
有时候她笑着笑着
突然就泪流满面手舞足蹈起来
父亲在用最古老的咒语为她聚魂
红色的聚魂贴和黄色的纸钱化为灰烬
白发苍苍的婴儿脸上现出血色
一个放羊的孩子大汗淋漓地醒来
这是个黑瘦的孤儿
他结结巴巴，说在梦里有个
八只眼睛，九条胳膊，吐着黑烟
比楼房还高似怪兽的大家伙
老在他的屁股后面跟着他
要吃了他，要从他的身上碾压过去

那些来来去去的人

不管晴天、 阴天、 雨雪、 风暴
还是天黑，都能看见他们
有的推着独轮车
有的赶着马车牛车
有的开着哆嗦得快不成堆的三轮或者拖拉机
或是肩扛， 手提， 背驮
或在生拉硬拽
有老人、 中年， 还有舔铁锈的孩子
一律粗糙黝黑， 短腿臂长， 破声赖气

还有去私奔或端瓢乞讨者
还有躲逃计划生育和屁股上的债务者
还有暗地里做了坏事被官府缉拿者
有家破人亡， 不得不
离乡背井断了心肠者
——普遍的内心不净， 眼赤， 转圈发急

他们藏着很多病， 或被赋予许多罪过
有的走着走着就彻底地倒下了
或是仅仅就被一眼牛蹄窝里的雨水呛死

或被流寇抹了脖子——
似乎都没有留下脚印
或其他存在的证据
只留这条老路在尘土飞扬，漠漠无限

——他们永无宁日，不断地来来或去去
尽管，谁也不知道是来，还是去——
当你像落日一样地倦了
闭上松弛的眼睛他们就会在梦魇里
继续影影绰绰一律猫腔呜咽
一律是悲剧的脸庞
仿佛是些纸扎和泥糊在给谁送一场大殡

他们到底去了哪里

那个往家里运石头、 木料和泥土的人
手推车还在使劲爬坡， 他去了哪里
那个爬上屋顶用一条绳子拴着秤砣
打烟囱的人， 烟冒出来， 他去了哪里

那个挖井的人， 井挖好以后
只把一些奇怪的话留在井底
再也没有上来
那个在河里洗澡的人
衣物缠在了稻草人的身上
那个在牛头岭上放羊的人
羊群哭嚎着自己回来了

那个春天里， 去西北方收破烂的人
冬天里， 只有那些破烂乘着风回到他的院子
那个瘸腿每天去集市卖耗子药的人
只有耗子偷着溜了回来
那个整天凭空傻笑的人
笑着笑着就不见了
笑声还在村子上空飘荡

那个经常会被黄鼠狼慑住魂魄的人
作祟的黄鼠狼终于被找到， 她去了哪里
那个瘫痪了很多年， 不能屎尿的人
尿骚味， 药瓶子还在， 他去了哪里

那个在雨天去寻亲的人
他的脚印落叶样返回村子
堆出一座硕大的草丘
那个整天只做白日梦的人
看坡的人， 上了树顶掏鸟蛋的人
他们到底是去了哪里呀
在这个熟悉的不能再熟悉的村里
土路上， 庄稼地里
扔下了半截子活计， 像一阵风， 一束光
一些灰尘， 愣了一下神， 轻易地就散了

辑三 桃花园记（长诗）

此诗献给我的故乡北平原，和北平原上即将消失的桃花园，以及那些在此消散或疯癫的亲人。在我的心里，桃花园永在，亲人们永生。

——题记

一年一度的大火

桃花是从一个少年的梦中开始燃烧的
瞬间就蔓延到了村子外面
初春莽莽的北平原上火光冲天
从四面八方赶来的人或者鸟
瞠目结舌，他们各自怀揣着秘密
在桃花园的地头、树杈上打坐

他们浑身通红，嘴巴、鼻孔喘着热气
头顶冒着热气
傻傻地等待着那个卖后悔药的老人
仿佛窑房里一个个挂釉的陶俑

据说后悔药只能用当年春风
吹开的第一批桃花做引，再辅以清晨第一缕
被阳光照彻的露水才有奇效
据说他的药可以让人暂时
不再受到后悔的折磨，仿佛回光返照

而多少年过去了，卖后悔药的老人
谁也不知道他来自哪里，姓甚名谁

他总是停顿在七十多岁的年纪
白发飘飘，红光满面，没有脚印——

他卖的后悔药，每人每年只有一粒
即使最有权势最富有的人
也无法通融更多
他说的话云里雾里总让人摸不着头脑

桃花园

想到桃花园， 眼前总会弥漫起一团大雾
然后有桃花的光令其慢慢清晰
飞速的时光经过这里时
仿佛形成了一个漩涡， 慢了下来

据说， 桃花园最早源自一个游方道人
——那年饥荒， 道人饿昏在路旁
一个陈姓光棍用家中一棵桃树上
仅有的两个果子救活了道人——
那道人须发眉毛皆白
长袍也白如缟素

道人感其良善， 扔在地上一个桃核
桃核旋即长大、 开花、 结果
果实丰满、 细腻、 甜美， 熟透时用麦秸
插入可吸食， 引种者络绎不绝
道人绘好栽植图谱
待桃林遍地方乘风而去

桃花园的风水布局暗合八卦原理

花开时， 蜂群嘤嗡， 地气升腾
可谓如真似幻。 若是生人
道路看似平淡无奇， 桃花园明明就在眼前
却怎么也无法深入， 即使侥幸进入
亦如误投迷阵
千回百转也不得出路了

多少年了， 远方的人都将桃花园
传为天空的倒影或幻觉
每年春天， 来此寻觅后悔药
或撞桃花运的人大多求亲告友相引而入
无人引领者， 大多求索不得怅然而去

桃花命

和很多人一样， 我在桃花园里出生
小时候却长得矮小， 体弱多病
性子天生内向、 柔绵， 偏爱孤独的事物
从不敢跑到陌生的地方去疯野

大部分时间就咬着一根甜的草根
在桃花园的树杈上眯着眼
痴痴地看桃花开了又落
倾听风传来各种微妙的声音
看着风将思绪一丝丝撕扯出白色的烟
或者用小刀在干桃木上雕出各种梦的形状

我是个胆小的孩子， 很害怕走远了
母亲从此找不到我
或者回来以后， 母亲就不见了
那时候， 母亲就是我的大树我的神
世界也就是桃花园那么大

那时候， 因为父亲是酒鬼赌鬼的缘故
让我对男人有着深刻敌意

那时候，我信赖的玩伴几乎全是丫头
她们善良、柔美，我们经常腻在一起
我相信她们都是桃花托生的

很多人取笑我："和丫头们玩，
会烂脚丫——"而我从来不信
母亲却是满脸苦愁
背地里和祖母嘀咕："家门不幸，
这孩儿，是个桃花命啊——"

她经常跑到村后的桃花庵里许愿
回来后做一些奇怪的食物让我吃
我自此性情更加沉默，如土如瓮

孵化

母亲说， 我是她在桃花园里干活时
在树杈上的一只鸟巢里发现的
那一天傍晚， 她突然心神不宁
总感觉附近有个小孩在断续地哭

找遍了四周也没发现什么
最后眼光就盯住了桃树杈上的一个鸟巢
——那时候我还只是一个蛋
在轻微地颤动、 膨胀
拿回家放在被窝里被母亲搂着暖着
第二天一早我就孵化而出——
出生时眉心有一簇稀疏的白毛
直到过了百日才渐渐变成黑色

桃花园里还有一些孩子是大人们网鸟时
从大风里截回来的
在河汊里摸鱼从浑水里摸上来的
天上下雨从大雨点子里落下来的
在野外挖地瓜从土里挖出来的
在沟里耙草用竹耙耙出来的

摘桃子时从一些大的桃子里面变出来的

而更多的孩子是用泥巴捏出来的
——桃花园里的孩子们
大多就是这么千奇百怪地
来到了人世间。 母亲说
我们从哪里来的， 还将回到哪里去——

捏造

墨水河在每个拐弯处都沉积了一种泥
黝黑、润滑、细腻，宛如油膏
用它作为原料做出来的黑陶
薄如蛋壳和蝉翼，敲击后声音如玉似磬

桃花园的每个孩子稍长时都会
自然得到传承，为自己捏制
一个鸡鸭形的哨子
挂在了黝黑的脖颈上，土话曰：噪儿
每到阴天或傍晚，我们就会
在屋顶或树杈上呜呜吹响
声音古远、原始、苍凉而神秘——

每个孩子都会悄悄为自己捏制一群
狮子、老虎和豹子放在枕头边上
用来守护自己忽明忽暗的梦境

每个孩子都会捏制和自己相似的泥人
虔诚地埋在土里。大人们说
——用针扎出指头的血涂抹在

泥人的心上， 十个月后
就会种出自己心仪的弟弟和妹妹

每个孩子都会捏制一个属于自己的小桃花园
然后将象征自己的泥人
毫不犹豫地坐在园子中央
每个捏制的桃花园随着年龄都会消失
长老说， 桃花园最后来到了我们心里

月亮垂下的梯子

家是黄泥垒成的，盖着黑色的瓦
门口朝南，迎接东南风
后窗大多被封住，拒绝西北风

院子里总有一架顶天立地的梯子
有时靠着墙，有时靠在树杈上
只有父亲敢爬上去，或晾晒果实
或用星火点烟，或做些只有天知道的事

有时正好在夜晚，我感觉那梯子
是从硕大的月亮上垂下来的
父亲仿佛是在月亮的里面忙活
他的影子被月光投放在地上
仿佛一只不断扇动翅膀的大鸟
让我感觉到异常新奇和神秘

等大人们白天不在家时
我试着偷偷爬上了梯子抵达了屋顶
那是我第一次站在如此的高处
我看到了整座村子和村子外浩瀚的桃花园

我激动得哇啦乱喊乱叫， 挥舞手臂
让过路的小鸟大惊不已
以为是遇到了一个刚孵化不久
还没有长出羽毛的巨大鸟婴
但很快， 梯子就被月亮上的人收走
并纷纷扬扬撒下了许多桃花的花瓣

我和动物们

那时候大人们白天都在桃花园里挣工分
天蒙蒙亮就出门，扛着农具和午饭
他们先是在一块破铁做的钟下集合
然后潮水般涌向田野

有一段时间，每当我早晨醒来时
家里就一个人都没有了
为了防止我和丫头们过分来往
门从外面反锁上了
无奈，我只有跟家里的牲畜们玩耍
跟猫和耗子玩耍，跟鸟儿玩耍——

那时候，我对大人的话不感兴趣
但动物们的话却学了不少
很长一段时间，我结结巴巴的话里
会有鸡的话鸭的话猪的话牛的话羊的话或鸟的话——

丫头们经常会相约前来敲门
给我送一些她们制作的物件
我只能从门缝里看到她们扁扁的样子

后来是一头公猪帮了我的大忙
它将土墙根的洞拱大了一圈

当我满脸鸡屎终于从墙洞里
拖出了自己的身子， 第一次感觉
门外的空气比蜂窝里的蜜还要甜
我想哭， 脸上却是傻笑着的
嘴里发出了动物们特有的欢快的声音

母羊

在我们家所有的家畜里， 我最喜欢的
是一头母羊， 它的毛是白软的
仿佛落在草间的一朵云
它的嘴巴永远在咀嚼着什么
石块铁块仿佛也会被她嚼成细末
她的眼睛总是盯住一个地方若有所思

从小我就知道， 她的眼神是有力量的
在她的注视中， 桃花会突然开放
杏树会噼啪落下高处的果实
酥痒地打在我的头颅上
刚爬上墙头的小偷
会哎呀一声， 不知惊飞到哪里去了

在黄昏里， 她 "妈——妈——" 抖颤地喊叫
经常会让我失神地走上前去
紧紧抱着它的脖子流泪
有时候我玩累了， 在墙角睡着了
它就走过来默默地守着我
待我的肚子响了， 它就会

将它饱满的乳头塞在了我的嘴里

"妈——妈——" 当母亲头戴星辰
满身花粉从桃花园里归来
我就用羊的声音叫喊着扑向她
母亲就会将羊膻味的我紧紧抱在怀里
母亲说，我发出的第一个音应该是羊教的

风

我从小就感觉风是有谁在不停地
往外吹气， 吹得巨大就飞沙走石
吹得小一些就如同口哨
再小一些就如同梦呓和走神
让我在正午的桃树杈上含着草根睡着了

风还是一个悠远的传话筒
能将远处的声音传送过来
传得大一些我们听到的就是大话
让我们心惊肉跳
传得小一些就会听到类似于枕边风的话
让耳朵发痒发红， 又发软

风也可以将过去的话吹到现在
将现在的话吹往过去和未来
风有时候在时空之间来回穿梭
让我们听到一些莫名其妙的话
张大嘴巴呆在那里不知所措

风在桃花园传送的更多的是

鸟鸣、 虫叫， 动物的嘶喊
植物的香气——人在梦中无意中说出的梦话
被风吹过来就是一团团的雾气

在桃花园， 风也爱吹送那些
和桃花有关的故事， 被称作 "风流"
在桃花园， 风经常会故意
只吹我一个人， 吹出了呜呜的响声

影子

我从小喜欢低着头走路，以至于
我对大人们的认识是从影子开始的
往往遇到一个大人
对他的脸不熟悉，但只要看到影子
我就可以一口喊出他的名字

好长时间，我几乎一直都在跟影子
打交道，包括梦里的人
也多是一些长短粗细浓淡的影子
有一天下午我在大街上低着头走路
一个影子走到我面前说：
"哎！小东西眼神好，
快帮我去找个东西！"我一下子 "认" 出
这是 "懒汉" 王大爷
（我们那里将勤快人喊作懒汉）

就默默地低着头跟着他的影子去了
房前屋后，村前村后都找遍了
后来我又跟着他的影子去了村外
找了好久，直到影子都长出来一大截

才在一个旮旯里看到了
那个绣着鲜艳桃花的烟荷包

等我拾起烟荷包， 顺着影子递给他时
他却没有了反应。 我就先踩住
他的影子， 头开始慢慢抬起来
看到的却是一个开满了桃花的巨大坟头

哭

在桃花园， 我是个特别爱哭的孩子
会经常为一朵云哭
为一根草、 一棵树、 一把弹弓哭
为一道墙上的裂缝哭
为一阵风、 一只鸟哭， 为母亲哭

有时候也会自己在角落里莫名地哭
仿佛接通了几辈子的泪水
我成了桃花园里著名的 "哭瓜"

但每一次往往哭着哭着， 云就会由黑
变回了白色， 草尖上会顶出小花
树的叶子， 会由黄变回了绿色
弹弓的准头会出神入化
土墙上的裂缝会悄然弥合

哭着哭着， 猛烈的风最终会转向
有着柔美的漩涡； 小鸟的伤会养好
突然从手心里飞到了天上

被父亲气得已经走出很远的母亲
也会神奇地回到了我的面前
黑洞里的老鼠和兔子
会将我丢失许久的 "宝贝" 送了出来

从小我就发现， 在哭声里
往往会有奇迹发生， 而被泪水
洗过的世界， 往往会呈现出另外的样子

我操着整个桃花园的心

不知从什么时候，我就突然开始发现
桃花园中那些花、草、树
河流、昆虫、牲畜、风、云、鸟儿
和我是连在一起的
我们有着共同的但却看不见的根

我发现我高兴的时候，那些动物们就是
温顺多情的，植物是满绿的
风的口哨是没心没肺的
云是白软的，河流的琴弦是明亮的

而我悲伤的时候它们就沮丧
我疼的时候，它们就会和我一起哆嗦
我怀疑我们是被谁一下子生出来
又千姿百态生长在大地上

所以，当村子里屠夫杀猪宰羊
或者独眼木匠用夸张的大锯彻夜杀树
石匠用炸药炸石头窝子时
我就感觉病恹恹的，仿佛被霜打了

很多年来我被重重的心事坠着
长不舒展，个子明显矮于同伴

有一次，一个从海边来的江湖郎中
抚摸着我的头，沉吟良久
吐出了一句话——这么小的孩子
怎么会操着整个桃花园这么大的心啊

一百里外的海

海在一百里外的地方咆哮， 桃花园人
极少有谁去过， 每年夏天
疾风骤雨过后， 某家的院子里
偶尔会落下各种的鱼
而这些鱼绝对不是墨水河里的品种

长老们说， 海边是个荒芜恐怖的存在
没有庄稼和树木
男人们常年光着屁股在海上打鱼
夜里就抱着母鱼睡觉——
生出的孩子人头人身鱼尾巴

一年夏天， 有个从沙子口来的渔人
披着渔网， 海风般浑身腥咸地沿街吆喝
希望用虾酱和孩子喜欢的
小巧美味的海螺与我们交换物品

桃花园有几年缺吃少穿， 日子悽惶
有人出来说， 虾酱会让人变臭
小孩吃了海螺会变成蜗牛

——那个渔人在我们村辗转多日
没卖出多少， 甚至被一只疯狗
撕咬了一顿， 只好瘸拐着愤怒而去

据说他临走时， 将虾酱罐子摔碎在村口
将一麻袋海螺也扔在孩子堆里
那些虾酱的臭味很顽固
将整村的人臭了 "好多年" 才慢慢消散
桃花园的蜗牛自此也渐渐多了起来——

母亲

北平原上有一条最大的河叫墨水河
水量充沛，有老虎、狮子般喧腾
从高县兴冲冲进入桃花园后
却蹑手蹑脚的，温顺如吃奶的羔羊

我记得母亲经常在河边洗衣
边洗边小声哼着茂腔，腔调随风抑扬
此时，鸟声也渐渐隐去
太阳的影子忽长忽短
世间似乎已经没有一丝忧愁

河里有一种叫火鲤的红鱼，我确定它们
是吃了桃花的瓣才得此颜色
它们在河水里游弋
偶尔会扑棱棱跳到了岸边的草丛里
或是母亲洗衣的木盆里

母亲每得此幸运，便用衣物捂住了盆
然后抚住心神，眯上眼睛
在嘴里悄悄默念着什么

此时, 她的身体一会儿如河水般透明
一会儿又如桃花那样成了红色

母亲是地主家的长女, 能背《女儿经》
家道败落后备受屈辱
和贫农父亲结婚后方得稍许安稳
她经常在暮晚向浅灰的南山
凝望, 雾气从她的眼神悄悄弥散开来

哑姐姐

哑姐姐和我们家并无血缘关系
她是那一年墨水河发大水时
从上游冲下来的孩子，被父亲
用网鱼的大网救起，后被母亲领养

哑姐姐成了桃花园最美的女子
为了减少是非，常年围着桃红色的头巾
记事起她就成了我的神
当我饿了，渴了，受人欺负了
她总是驾着云或驭着鸟悄然出现

我记得姐姐隐约有个情人
那个春天的早晨，我家门环上总会别着
一束带露的桃花
有时候我也会发现，她独自在角落里
偷偷发笑，又兀自落泪
让母亲和我暗暗生出不安
让院子里怒放的桃花忍不住簌簌失落

姐姐后来突然消失，去向成谜

桃花园里有很多传说版本
——有人说她跟人私奔， 也有人说
她被自己的亲爹娘找到
暗地里将她骗走， 母亲每每想起
便心肝欲裂、 怅然若失——

这些年， 在我噩梦时， 在我的耳边
出现莫名的声音时， 她还会
飘然出现， 手势依旧温暖、 虚幻
她的出现让周围环伺的鬼脸瞬间消散

大水

墨水河更多的年月里是一条温顺的河
但有几年也开了口子发过大水
水从上游汹涌而来， 冲垮河堰
河两岸的桃树遭受灭顶之灾

后来河堰被逐年筑高， 即使上游发大水
下游的桃花园也安然无恙
可每年到了夏天汛期
河岸边的桃花园人仍不敢松懈
男人们披着蓑衣和油纸
扛着铁锹日夜守候在堰上
女人在家焚香祷告， 焚烧三牲的剪纸

每年河水从上游经常会冲下木头、 家什、 牲畜
也经常会冲下人来， 一些
叫水鬼的人， 会踩着水奋勇打捞

大水过后， 上游的苦主会投亲告友
挨村来寻， 往往在李村
找到妻子， 再到赵村找到儿女

又到牛村找到牲畜， 然后感恩而归

哑姐姐是那一次发大水唯一没有被家人
认领的孩子， 她一头黄毛
满面乌黑地蜷缩在大队部的屋檐下
直到母亲将她领回家
多少年了， 她的一切如同黑夜无人能解

镜子

哑姐姐来到我们家的时候身无长物
只有一面巴掌大的圆镜贴在胸口
那镜子的镜面貌似水晶
镜框用红铜铸成，背后盘有凤鸾
母亲于是就给姐姐取名为：镜生

长老们均不识得这镜子的来历
只说古镜可以降鬼除魔，是个宝贝

这镜子几乎从没离开过哑巴姐姐
姐姐用它梳妆，与镜中人比画手语
姐姐消失前几天晚上
我发现她的房间里经常会射出明晃晃的镜光

姐姐消失了，镜子却留下来
只是镜面中央出现一道桃枝状的裂纹

长老们宽慰母亲：也许姐姐
是从镜子里出走了，镜子里面
有什么谁也无从得知，也许

是另外一个我们没见过的桃花园吧
镜子应该是她唯一的出口
只要镜子在， 姐姐就有归来的可能

于是母亲每天都会用棉布
擦拭镜面， 期待姐姐从里面飘然而出

捉迷藏

在桃花园，我和那些丫头们常常
玩一种叫"捉迷藏"的古老游戏
往往是我藏好了
好几个丫头来找我
无论我在桃树的枝杈间蝉附
还是埋在草丛里当蚂蚱——
她们都能轻易找到我
找到了，就用桃花汁在我的额头点上胭脂

桃花园里几乎所有能藏身的隐蔽处都让我们藏遍了
一时索然无味。直到有天傍晚
等她们藏好了
我才发现在那些寻常的藏身处
已经找不到她们了
只剩一些洞口还在黑黑地冒着冷气

我用弹弓往里面弹射石块
居然也听不到回声
我怀疑她们是从这些洞口走失了
去了另外的地方

我害怕极了, 桃花园里响起了
一个孩子孤独而又焦急的哭声

——多少年后, 当我在千里之外
惊讶地发现了她们
她们说的话我听不明白, 对桃花园
也置若罔闻, 只报我淡淡一笑
让我开始怀疑自己, 是真的认错人了

那些黑洞

桃花园里不知道何年何月生成了
许多黑洞，有的洞很小
只能容得下老鼠、狐狸和兔子
有的却很大，能容得下人和大的牲畜

有的洞很浅，一根木棍就能探到底部
大部分洞深不可测
用弹弓射进石块也听不见回声
它们都是黑黑的，像个神秘的大嘴

我确定黑夜就是在早上被吸进去
在傍晚又被血淋淋吐出来的
我感觉那些桃花就是今年被吸进去
第二年春天再吐出来落在枝头

母亲说："一定要离这些黑洞远些
它们会吃人。"祖母说：
"人间丢失的财宝，都在这些
黑洞里藏着，但有妖怪守着——"

我亲眼看到， 三羊进去后再也没有出来过
四宝进去后， 又被人揪出来
却被什么生生咬断半根手指——

也有一个人小时候进去后
老迈时才回来， 他说看到了另外一个世界
那里应有尽有， 是真正的桃花园
他的描述匪夷所思， 乱了很多人的梦境

黑暗

我曾经有过一次深入黑洞的经历

——六岁的时候， 我和两个大点的孩子
在一棵老树下玩泥巴
挖土的时候发现了一个树洞

树洞很大很黑， 冒着冷气
用很长的木杆探进去也找不到底
扔进一块石头竟也没有回声

我们就用猜拳的方式决定谁先爬进去
看看里面到底有什么宝贝
胆子最大的大虎进去了好久
摸出了一个弹壳
二牛进去了好久， 摸出一把生锈的断剑

我最小， 进去的时间也最久
我在里面哆哆嗦嗦却什么也没摸到
最后， 只握住了两把恐怖的黑暗
撕裂地哭嚎着， 爬了出来——

在太阳底下， 他们小心哄着我
慢慢张开了抽筋的手掌
这两团让我握出手印的黑暗
就那么紧紧黑着， 久久都没有融化——

梦

小时候除了爱哭，我还特别爱做梦
梦见自己揪着自己的头发
在墨水河面上漂，在树梢上飞
梦见自己一掌就可以将巨石打碎

梦见自己可以听懂所有的鸟言兽语
花语、草语和风语
梦见自己只轻轻吹了一口气
哑巴姐姐就能开口说话，声音绵软

梦见自己可以隐身，可以穿墙而过
梦让我获得了现实中
无法得到的宝贝和法力
抚平了人间那么多的屈辱和泪水

我竟然自通做梦之法：经常会在
某个角落盯住某个事物
许久，事物似乎就会慢慢敞开它的隐秘之门
我在里面漫游，尖叫——
而身体就会慢慢石化

最后被母亲小声念叨着背回家去

我经常睡眼迷离， 将梦和现实边界模糊
分不清白天和黑夜
甚至也分不清天地分不清东西南北
我也经常会待在梦里几天也不曾醒来

更多的时候， 我梦见自己成了一只鸟儿
飞到了树梢上， 飞到了云彩上
飞出了桃花园， 飞到了
我不曾见过的奇异世界

我在梦中经常几天几夜都不愿醒来
眼睛紧闭， 嘴角弥漫着鸟鸣
吸引了那么多陌生的鸟儿在屋顶上空盘旋

羽蓑

我开始偷偷收集各种羽毛， 有麻雀的
斑鸠的、 芦雁的、 乌鸦的
喜鹊的、 黑腹滨鹬的、 翘鼻麻鸭的
灰斑鸻的、 白腰杓鹬的、 蛎鹬的
大杓鹬的、 黑嘴鸥的

还有大公鸡的、 鹅的——五花八门
只要能飞起来的鸟和家禽的羽毛
我都会绞尽脑汁四处搜寻

我爱羽成癖， 几乎翻遍了桃花园每一个角落
我甚至在梦里向两只不认识的仙鸟
苦苦祈求， 醒来后手心里
果然紧攥着两根金光闪闪的 "仙羽"
这让我欣喜若狂
母亲和哑姐姐却笑而不语

羽毛收集多了， 我就央求母亲
用这些羽毛缝制出一个翅膀形状的蓑衣
羽蓑因为用了各种颜色的羽毛

而炫彩夺目，因用了我从梦中
"求"到的"仙羽"而散发神秘

我穿着它开始在桃花园里练习飞行
所有尾随的孩子们都学着我的样子
在土丘上奔跑、俯冲、鸣叫
使劲扑打着他们
肉质的黝黑的翅膀，那时候
所有的孩子都在梦中离开了地面
我们越飞越高，桃花园成了一个小小的所在

我成了九个孩子的父亲

我经常会在睡梦里梦见夭
有时候她会猛然掐我一下
有时候她会拧我的耳朵
有时候还会在我懵懂中伸出很长的舌头
将我的鼻子舔得冰凉

——她说生是我的人，死是我的鬼
要跟我在一棵开花的桃树下成亲

我从来没有见过那么高大的桃树
树梢几乎摸到了月亮的窗棂
树杈伸展到几个村子的面积
树下的那座房子是我早先在墨水河边
用泥巴捏造的式样

第一天，我们结婚，她用桃花汁做腮红
风不断地在她头顶上洒下桃花
第二天，她在吃饭时掰开一个桃子
找到了我们第一个孩子

第三天， 她在一个鸟巢里看鸟蛋
找到了我们另一个孩子
第四天， 她去门口的河边洗衣服
找到了我们第三个孩子——
到了第十天， 我们就有了九个孩子
孩子们渐渐长大
他们又在桃树杈上建造了自己的房子
我和夭却在逐年老去
直到有一天洗脸时河水惊叫着发现了
两张莽苍的脸——

而我醒来时只是一个满头大汗的孩子
在另外一个世界里却成了九个孩子的父亲
这让我感到迷惑又新奇

我经常睡觉前抱住一堆玩具
在梦里分给每一个喊我父亲的孩子

有人在喊我

在一个春夜里， 我听见有人在喊我
喊了很多遍， 声音古老而又亲切

从小我就牢牢记着母亲的话
"桃花开的时候， 晚上有人喊你，
千万不要答应——"
我就用棉花堵上了耳朵， 装作没听见

可那声音不是从耳朵传来
而是从心里， 从血液里传来的
亲切， 慈爱， 温暖， 让你无法抗拒

喊最后一遍时， 我开始
鬼使神差地穿上衣服， 叠好被子
用一个包袱包了几件穿的
一点吃喝， 披着那件羽毛做的蓑衣
没有和谁打招呼， 也没弄出一点动静
就从家里懵懂着翻墙飘忽而出

那声音先是引着我在桃花园里

迷迷糊糊地转悠了几个时辰
摸遍了熟悉的每一个角落
身上和脸上印满桃花的各种印记

那声音后来又引着我误上了一列火车
先是穿越过好多的黑洞， 突然
就来到了一个陌生的世界

我有个桃核刻的 "锁" 出生时就在脖颈上
十多年了， 竟生出玉的光
外走的路上遇见岔路口就会剧烈颤动

巢屋

我到了一个奇怪的世界， 房子积木一样
直插云霄， 鳞次栉比， 白天
反着玄幻之光， 夜晚霓虹出缭乱色彩
没有牛和马， 只有一些乱叫的铁
那里的人说话奇怪， 像说鬼话

我不知道我来到了哪里
只感觉自己走进了一个巨大的幻梦中
怎么也走不出去
这让我战战兢兢又惶惑不已
我只好白天躲在窝棚里睡觉
晚上才出来找吃的
一些垃圾箱在夜里闪烁着梦的光

此城靠海， 炎热多雨， 窝棚潮湿难忍
我就在偏僻处找到一棵巨大的法桐
开始在它粗壮的树杈上睡
后来就用捡来的各种材料
慢慢造出了一个巨大的巢屋

这巢和桃花园中瞭望树上的小屋类似
远离了地面， 又找来桃枝
放在枕边、 门口、 窗口辟邪
我竟生出了难得的安全感
每天白天我在里面做梦
梦里， 嘴角依旧会飘出各种鸟的鸣声

直到有一天， 我在一个垃圾箱里
翻腾出一兜熟透了的桃子
我就一下子愣在那里
我流着泪大口呼吸着这些桃子的气味
桃子开始出现皱纹， 迅速萎缩——
我的身体在变轻， 仿佛会被风吹起来

树上的日子

在法桐上住得久了，飞翔的愿望
越来越强烈，起身时
往往腿还没直起来，胳膊竟然
先扎煞起来了。没有人说话
我就开始用小时候学的鸟语和鸟说话
树的周围开始出现各种各样的鸟

我依然幻想有一天真的可以飞起来
轻轻掠过城市上空
用鸟的眼睛来看看这个城市
也可以不用花钱就能飞回桃花园
落到了母亲的那个青黑的屋顶

这个想法让我经常激动不已
让我的脸，一会儿白又一会儿红
巨大的法桐也随着我想法的强烈左摇右晃
——幻想让身体越发变轻
直到有一天，我从法桐上跳下去
竟如落叶般轻轻落地

我似乎感觉自己已经获得了某种能量
众多的风里，我总能找到一缕
来自母亲院子里那种特有的味道
每个夜晚，我都能透过雾霾
看到北方那七颗闪闪的星斗

这七颗星斗照看着桃花园里母亲的梦境
也让我的眼睛开始有了光
"我和母亲，还有桃花园，
是在被同一个星座照耀着的——"
想到这里，凝结的孤独感突然消散

布谷，布谷

时常会听见一只鸟，在耳边
"布谷，布谷——"笃定地叫着
声音不急不慢，却极有穿透力
有时在深夜，有时在黎明前
有时就在白天的某一刻——
声音很像小时候手心里放飞的那一只

我很奇怪距离桃花园这么远的地方
还会有老家的鸟出现
"布谷——布谷——布谷——"
它让我的梦开始辽阔
让流浪的日子开始趋于安宁

有时我在巢屋里，在它鸣叫的间隙
忍不住学着它的声音
"布谷——布谷——"地叫起来
起初，我感觉它是迟疑的
最后，它似乎已听出了我的善意
就相和着鸣叫起来
"布谷——布谷——"

我们通过鸣叫传达着各自的情绪

有一天，我忍不住悄悄打开了窗子
顺着鸣声偷偷向外窥视
除了一轮含混长毛的月亮
什么也没有发现，我又在周围仔细探寻
却怎么也没有找到它

当我开始沮丧的时候
"布谷——布谷——"的声音
又笃定地响了起来，亲切
而又熟悉，却始终弄不清到底来自哪里

鸟人

在我偏僻的巢屋周围突然出现了
不少陌生人
他们神情各异地盯着
披着蓑衣毛发凌乱的我和那个巨大的巢
他们拍照、录像，打听我的来历
我内心慌乱，欲言又止

"都市中隐藏的鸟人——"很快
都市晚报都市早报的头条
就出现了关于我的图片新闻
他们将我穿着羽蓑从树屋
跳下，隐身的小鸟逃散的瞬间当作特写

羽蓑展开，仿佛我真的长了两个巨大的翅膀
新闻一时轰动，来此围观的人汹涌不绝
"鸟人，鸟人——"人们呐喊着
这让我感到异常恐惧

他们纷纷问我的翅膀藏到哪里去了
我说我没有翅膀，他们不信

就追着我胳肢我的腋窝
还有人爬进我的巢
翻出了我藏在隐秘处的羽蓑

争抢中， 鸟羽纷纷飘飞
我拼命向前抢下破残的羽蓑， 落荒而逃
等我深夜忐忑归来时
巢屋已被大树吃掉， 受惊的碎屑不敢落下

寻找鸟人

没有了树上的巨巢， 我开始行踪不定
每到深夜， 我领着猫朋狗友
幽灵般闪现在垃圾箱周围
黎明前， 又踢踏着寻找栖身处

直到有一天我发现了一张 "寻找鸟人" 的报纸
——有位房地产大鳄也出来凑热闹
竟拿出了赏金百万——

很快， 树林里， 荒草里， 旮旯里
到处是红着眼寻 "宝" 的人
我不知道自己犯了什么法
觉得被抓到就没命了， 就四处躲藏
只有那些猫狗肯为我通风报信

鸟人， 鸟人， 鸟人， 鸟人， 鸟人——
我仿佛听到了全城人在白天和夜里的呐喊
最终有一天， 我被堵到了
一个通天的废楼顶上， 一群亢奋的人
拿着绳索、 棍棒向我逼近

哇啦着我听不懂的话
楼下面还有乌压压向这里靠近的人群

我的头一晕， 就飞了下去
那一刻我感觉自己真的飞了起来
我的下面就是无边无际的桃花， 无边无际——

最后， 我感觉是一小朵云救了我
尽管它的力量很小， 很单薄
——我几乎将它弄成了碎片
好久， 它才慢慢聚拢， 重新回到天上

一小朵云

不知道什么时候开始，我发现
有一朵云常在我头顶上跟着我
当我跑的时候它就跑
当我停下来它就凝滞不动
当我笑笑，它也报之以鬼脸
即使在雾霾天，在黑夜里
我相信它也在我的上方看着我

——这是一朵很小的云
在我出生时它就盘旋在我家屋顶上了
小时候，我淘气地爬上屋顶
用竹竿经常去捅它
可它却从来都没有因此而消失

阳光毒辣时，它就给我一小块阴凉
在我哭泣时它就会率先
摔下几个泥腥味的雨点
母亲说这朵云是我的
每个人的头上都顶着一小朵云

它经常会在某个角落里待着
一不注意就飘然而出
它和那只叫"布谷"的鸟一样
都是我的神。它永远长不大
一直还保持着我小时候的古怪模样

桃木雕

我醒来的时候， 世界是白色的
白墙， 白床， 白椅， 白被褥
人也是白衣白帽， 我吓坏了
以为自己死了， 我首先想到的是母亲
那个每天会在黄昏的土冈上
一遍遍喊我回家的单薄身影

直到那个熟悉的记者出现在面前
她向我道歉， 让那么多人产生误会
最后， 她将我送到了她的舅舅
一个古怪的木雕老艺人那里
"舅舅" 脸如斧凿， 手骨粗大， 言语怪诞
他的白胡子很像卖后悔药的老人

那里是个奇异的木制世界
天窗的高处竟然悬挂着一对木头雕成的
巨大翅膀， 是我唯一不能碰触的东西

——而我却独对那些桃木着迷
那些桃木让我的手发痒

让我的七经八脉开始通畅起来
终于有一天， 我将他们刻成各种物件
并在每一个物件隐秘处
偷偷刻上微小的 "鸟人" 头像
惶惑的是， 这些物件竟逐渐风靡开来

每当深夜想家的时候
我就开始在一块粗陋的桃木上
根据回忆雕刻一个叫作 "桃花园" 的摆件
它几乎是桃花园的缩影
每刻一刀， 仿佛有光从刻痕间迸射而出——

刻成后， 我把它放在床头
每天抚摸数遍才能入眠
这个摆件最终被经纪人相中
在拍卖会上拍出了百万高价
而我却开始夜夜失眠， 失魂落魄——

朴

失眠时，经纪人术候会婉转带我到一个
"桃花朵朵"的歌厅
歌厅的装修是桃红的色调
里面的姑娘也都
唤作小桃、小夭、春桃、桃花等
和桃花园中的女孩相近的名字
她们大多刻有桃花的文身

她们一律温柔，善解人意，能歌善舞
歌厅还私酿一种桃红色的酒
我们空闲时经常在此
留恋、迷醉——但酒醒时
却往往会失重，怅然若失和心如死灰
仿佛被人施了一种耗损元气的蛊
直到有一天，朴，从天而降——

朴是"桃花园"木雕的中标者
——黑发若瀑，粉黛首饰皆无
一袭棉麻材质的佛系飘逸裙衫
让风也会忍不住轻轻吹拂

让我相信她随时就能乘风振羽而飞

她眉间有一颗天然红痣，让我愕然
以为当年的夭还活着，已经长大了
我使劲掐掐自己的脸
以为又进入了某个幻梦
我清晰地记着我们的第一次相遇
我的举动让她发出吃吃的笑声
我们的眼神有意无意相接，如幽冥中
莫名而隐现出的电光火石

我感觉杂乱的作坊迅速被一种奇异的光所照耀
被一种奇异的香气所熏染
顿时琳琅满目、金碧辉煌起来
我感觉自己真的能飞起来了
她不在时，我会在虚空里
看到她的影子，每一次深呼吸
都会闻到她若有若无丝缕不绝的香气——

术候

我的经纪人术候来自偏远省份的
另一个桃花园， 他细皮嫩肉
身材健美， 出门大多选择夜晚
一身黑帽墨镜黑口罩黑衣黑裤子黑皮鞋的装束

他的腰上悬挂着二十一把楼房的钥匙
走起路来金光闪闪、 叮当作响
让身边的花朵和蝴蝶尖叫
让霓虹的颜色闪烁出更绚丽的色彩

在某个深夜的路灯下， 他掏出了自己的心
——他已经有了八个老婆
十七个儿女， 但他和我说
他今生的目标是再交往两百个情人
他想让她们都怀孕、 生育
最后拥有一个桃花王国的子孙

他从不相信爱情， 却有着独门的鬼道
他的女人虽然众多， 但却相安无事
毫无家室之累

他自建十层大楼，每个老婆一层
每个家都有豪华的配置
和严格的奖惩制度
他住在最高一层，没有他的准许
老婆孩子也不敢擅入，我对此
表示莫大的好奇，但却从没被邀请进去过
我怀疑他有摄魂术或者梦境搬运术
将梦境里的生活搬到了人间

他很少摘下黑口罩。那是一张
左腮被老鼠啃过的脸，有个大的疤瘌
像个桃子，烂掉一小半——
他说他阅女人无数，但却从来
没见过像朴这样的女人，说完双手合十

重新降生

朴会经常引我进入一个梦境——
那里是另外一个 "桃花园"
那里的世界仿佛刚刚睡醒
万物处处散发着未被动用的元力

那里有无边的桃树， 各种散发着香气的植物
深邃的湖泊， 沉醉的果实
浑圆的月亮， 曲线流畅的平原
健康奔跑的野兽
苏醒的峡谷， 涌动不息的溪流
神秘的风声， 不断发生的奇迹——

在那里， 我的生命， 我们的生命
仿佛被什么彻底照亮并穿透了
燃烧起灼灼的熊熊的火焰
那些贫穷、 屈辱、 自卑、 胆怯、 污浊
——在火焰中被燃烧殆尽

在那里， 我们像两块得到神的点化
得到了古老传承的泥巴

在混沌中被重新玲珑了七窍、四肢
成了泥孩子，成了陶
附着上了釉彩，又被吹了一口仙气
赤裸着，缠绕着，号叫着
哭泣着，重新降生到了人间

——我们迷途知返，又返而重迷
我们眼神澄澈，仿佛是洪荒之初
月光下，我们随心飞了起来
变幻着古老的姿势
我们真的飞了起来，发出鸾凤的合鸣

面孔模糊

我和朴的巢建在一个叫 "桃园居" 的
小区的楼顶。 楼下的花木
以各种形态的桃树为主
桃树下有沟渠曲折回环
楼顶阁楼外面有个很大的天台
我和朴将天台改造， 栽植各种桃树

每年春天， 桃花盛开， 朴在树下弹琴
我在此品茗——竟然成为网红
成为舌尖上的神秘和传奇
莫名中受到了越来越多的狂热崇拜

朴是个能干的女人， 在业内神秘莫测
我精心刻凿的桃木玩件
竟因朴的加持再次风生水起
而我， 开始在各种媒体翻滚
四肢发热， 身体发热， 脑袋也发热

——日子开始不真实起来
我走路也开始云里雾里， 没有了脚印

我说话也开始云里雾里
这些吐出的云雾增加了雾霾的浓度
让道路消失， 让浩瀚的城市若隐若现

我似乎已经好久没有听到
那些 "布谷——布谷——" 的鸟声了
头顶上的那朵小云也不知道去了哪里
直到有一天， 镜子也看不清我的面孔

朴消失了

朴消失了——在这之前没有任何征兆
她几乎带走了所有的积蓄
只给我留下了这所桃园居的房子
我慌乱起来， 仿佛小时候母亲离家出走

我猛然发觉自己对朴一无所知
包括她的真实姓名， 她的家乡
她的一切——她像魂魄一样
从我的身体里抽身而去
让我一下子沉重痴呆起来， 成了一块铅疙瘩

朴真的消失了， 仿佛一个泡影
——接下来的日子里
艺术品泡沫在瘟疫中无声破裂， 惨不忍睹
楼顶的 "桃花园" 也被告知违章
择日被清除， 满目狼藉——
我伤心欲绝， 大病一场， 元气大伤

最后， 我又回到了老艺人的作坊里
"舅舅" 更老了， 他的白胡子更白了

他干活时的大手
开始明显地颤抖
对于我的归来，他没有任何惊奇
我只听到他背着我在一个月圆之夜
发出了一声又一声悠长的叹息
而我的归来让那些木雕开始
脱掉灰尘，散发出自然的光

可朴真的真的消失了，无声无息
干活的间隙，我时常会莫名走神
因为在我的呼吸里，依然
还能闻到那些只有朴才有的香气
我经常在梦里哭，泪水日益减少——

追寻

我开始疯狂地到处寻找朴的下落
她去的每一个地方
我都仔细打听过， 可这个城市所有的人
仿佛都患上了一种叫遗忘的病

他们对于朴很快就印象模糊
有人干脆就说： 根本就没有
这样的人， 一定是你得了妄想症——
甚至江湖上有人传说我已经疯了

我回到了我先前流浪过的地方
我找到先前居住过的大树
慢慢爬上树杈， 树叶喊喊窃笑着我这个
手脚迟缓的人。 我开始呼猫唤狗
那些猫朋狗友见到我
竟也显出敌意， 龇牙咧嘴， 一哄而散

白天里， 我抬头望望天上， 先前一直
跟随我的那一小朵云， 也已多年不见踪影

在半夜里，我常常打开窗户向外
发出"布谷，布谷——"的叫声
可窗外除了机车轰鸣
已再没有任何的回应。我再看看夜空
那颗星也已隐去多年——

它们都去了哪里？难道这一切都是梦？
如果真是梦，我宁愿沉迷其中
而永远不再醒来
而如果这一切都是假的
那么，那遥远的桃花园是不是真的？
我的身体剧烈摇动，化成一团烟雾

积木游戏

我怀疑朴是在某个深邃的噩梦里
被困住了，就开始吃了一种可以做梦的药
以期最终在梦里找到她
我不辞劳苦，从一个梦进入
另一个梦，鞋子磨破了就赤着脚

直到有一天我的眼前出现一个幻象
那里人山人海，都在玩一种
垒积木的游戏，看谁垒的积木不会倒塌
垒得越高，奖励越多，财富越大
有的人竟因此成了"英雄"
周围掌声雷动，让人感到诡异的是
那些掌声竟然出自一群鬼的手心

以至于很多人和积木绑在了一起
将自己的心血全给了积木
牺牲了官职和性命来玩积木
谁知道积木垒到一定的高度就会自己生长
而蹲在那里的人却毫无察觉
最终被怒长的积木送到了天上

风吹来， 积木摇摇晃晃， 险象环生
他们如梦初醒， 他们在高处的惊吓声
让恶鬼用笑声做了粉饰
让底下仰望的人焕发出更大的热情

朴就在这些浩瀚的人群里
她的积木长得最快最高， 竟然长到月亮上
她也就被捆绑着在月亮上居住
以至于我已经几乎望不见她的存在
只能在有月亮的夜晚
才能闻到她身上飘下来的绝望香气

大片的乌鸦

我跑到了世界上最高的楼顶也无法
抵达月亮上去解救朴
我跑去航空公司焦急询问
——到月亮上的航班尚未通航

每到阴历十五我就会走向旋梯
在世界最高的楼顶上吹起了 "噪儿"
这古朴的乐器哀怨、 低沉
让暗处的神鬼为之动容， 量子为之纠缠

动情处， 月亮会忽明忽暗， 路灯忽明忽暗
我想， 朴在月亮上也一定听到了
我甚至也经常会听到
她挣扎捆绑时锁链颤动的铁声
还有她忍不住甩下的悔恨的泪滴

我期待有一天月亮终会垂下古老的梯子
让我上去解救朴或者看看朴
如果可能， 我愿意代替朴
来承受这亘古的罪罚

我想飞， 但陈旧的羽蓑张开， 羽毛
纷纷破碎， 幻成烟尘， 迅速被风吹散

每一次， 月亮都将楼顶上我的孤独身影
从不同方向投影在城市
在城市上空孵出了大片大片的乌鸦
在人们的梦境里烙出了巨大的伤疤

雪人

有一天午夜过后，我的"嗓儿"音
引发了大雪，雪花从天上
不，分明是从月亮上盘旋而下
将我染白后，又顺着"嗓儿"音
迅速覆盖了整座城市
有人说，这是多年不遇的一场大雪
所有的道路包括记忆之路均陷入瘫痪

人们发现我时我已经成为一个
吹着"嗓儿"的庞大的雪人
那场雪将我的全身彻底染白了
被抬到屋子里，在炉火旁
怎么烤也烤不化，镜子里
我成了一个须发白如缟素的人

这让我想起了那个卖后悔药的老头的样子
恍惚中，他竟然在镜子里
笑眯眯地跟我打招呼
而我却在满脸愁苦中沉沉地睡去

整个冬天我都是白的，整个冬天
我都在沉沉地睡眠，没有梦
只有白，无边无际无穷无尽的白
那些"噪儿"音也凝成了白色的冰锥
叮叮当当悬挂在周围的檐角

那些白直到第二年春天田野返青
才渐渐褪去，露出了浑身的狼藉
春天里，我慢慢苏醒，打开镜子
我看到的是一个透着寒意的陌生人——

我是谁

我是谁？ 我是谁？ 我来自哪里？
我是在现实， 还是在梦中？
那些 "桃花园" 是真实的
还是一个又一个链锁的长梦

而人间有很多事注定是无解的
就像我希望月亮垂下神奇的梯子
朴的锁链被某个神奇的手指打开
她霓裳羽衣般从天而降
哪怕是降落到我荒凉无边的梦中——

时间是最好的朋友
时间也是最残忍的朋友
它们逐渐过滤、 麻木、 消解你的痛苦
到了最后， 朴最终也许会成为一个幻影
一种潜意识， 一团迷雾
让你在人间的某个时刻突然泪流满面
仿佛受了几辈子的冤屈
却一下子说不清这冤屈具体是什么

我们有时憎恨时间，诅咒时间
因为时间只顾向前流淌
当我们溯流而上，刻骨铭心的一切
却变得漫漶、模糊、似是而非起来

我真的穿过黑洞去过那个叫城市的地方吗？
朴真的降临过吗？
这到底是现实，还是他妈的梦境？
谁能告诉我？啊！啊——
在空旷的废墟般的城市的边缘
我摇摇晃晃地摔碎了一个又一个酒瓶

——我是谁？我怎么了？
我听见，很多病人都在这样问着自己
甚至在路上莫名抽着自己的耳光
然后行色匆匆，隐入黑白的人群——

依花讯而回

我经常会隐隐听见有人在哭
有父亲的、母亲的、爷爷的、祖母的——
即使在浩瀚的发烫的车流中
在觥筹交错、鬼话连篇的酒局里
这些哭声也会异常清晰地
在耳边膨胀矗立起来
薄荷一样拂过我发热发昏的头颅

有时候,这些哭声会在血管里
跟随血液抵达四肢百骸
也会在地底下,让我不止一次
挖开繁盛的草木,露出野蛮的根须

每到春天我开始戴着颤动的桃锁
依花讯而回,有时候乘坐火车
有时候乘坐汽车、轮船
或是梦中的月光下一辆蹄声嘚嘚的马车
有时候干脆就乘坐一场大风
一片过路的云,或者化成大鸟的形状

——风尘仆仆， 不管不顾， 不死不休
仿佛在赴前世的生死之约
"自离开家那天开始，
我就已经走在了回家的路上"
这是我少年时写的诗， 竟一语成谶

如今我回来了， 满腹惆怅和失落
回来时桃花已经灼灼， 朵朵桃花
映出了我的疲惫与后悔。 除了在梦里
卖后悔药的老人却已多年未见踪影

迷茫

从远方的海市蜃楼，到我的桃花园
从车声、喊叫声、心的沸腾声
到花开声、风声、鸟声
牛马声、流水声——在这里
我感到了异常清晰、真实、澄明

每一个桃花的瓣每一个蕊每一缕幽香
每一丝细微的颤动
每一只蜜蜂嗡嗡地萦回，都会
让我的生命澎湃不已，抵达青春的堤岸

但更多的时候，我也会陷入迷茫
千亩万亩的迷茫
我感觉自己做了半生的梦
——婴儿般安宁的梦、烦躁动荡的梦
飞的梦、恐慌的梦、最后又是遍地桃花的梦

而梦总会醒来，醒来的时候
所幸那个叫桃花园的村子依然还在
而我，是否还是桃花园里

那个玩捉迷藏的孩子？
是否还可以
轻身飞上那棵高大的瞭望树
将一缕鲜艳的红布条系缠在树梢上

那些燕子是否还会凭借红布条找到这里
在此聚集，然后散入 "生金，野马
万年陈——" 等各个姓氏的屋檐下
那些消散的灵也会重聚于此
成为土炕上一个个哭声嘹亮的婴儿

瞭望树

桃花园中一直有两棵高大的瞭望树
树龄不详， 据说栽植的位置和阴阳相合
阳树是一棵巨型的白杨
阴树是一棵硕大的银杏

两棵树皆参天摩云， 披星戴月
以前是在凶年为了防备土匪
后来是为了看护果实
再后来， 就成了村里的风向标
成了村人探望远方亲人消息的高地

村里有个叫闲蛋的人是个公认的傻子
吃五保， 啥活也不干
村里怕他闲出毛病来
爬瞭望树观望的差事就交给了他

他每天上午爬上白杨树发一会呆
下午爬上银杏树再发一会呆
每次在树上脸色均凝重
有人戏谑地问他到底看到什么了

他只没头没脑地扔出一句：
"快来了——" 就再没了下文

如今， 闲蛋也老了
树也爬不上去了， 但他的话
却依旧飘在空中："快来了——"
很多年以来我们也没完全弄明白
要来的到底是什么
但不知道为何， 每一次听到这句
半截子话， 我就会生出莫名的恐慌

敌人

"快来了——" 小时候，当闲蛋每每
从瞭望树上扔出这句话的时候
我和那些丫头们吐着舌头
追着他齐声回应："来了也不怕——"

喊完后，我们就开始 "备战"
——储存鞭炮，制造火枪、打狗棍和弹弓
趴在陈八爷墙头上偷学一种
叫作 "蹬扑" 的祖传拳脚
我们甚至还学大人们的方法
在地下挖出了我们小孩们才能爬行的地道

这地道桃树根一样在地下自由蔓延
最终和大人们深挖的大地道相遇
也会偶尔和一些古老的黑洞相遇
让我们为此后怕不已

"敌人来了有猎枪，有猎枪——"
我们在幻想中热血沸腾
准备随时保卫我们的桃花园

这个时候，那些和我们存在敌意的男孩子们
也和我们成了"亲密战友"

可日子一天天过去，"敌人"并没有来到
我们的"队伍"又开始分崩离析

当我们带着疑惑去问陈八爷时
他笑道："毛孩子们！
该来的总会来，谁也挡不住，我们桃花园
自古以来吃过的几次大亏，
大多不是来自外面的敌人，
而是我们桃花园里的自己人——"

说完，猛地朝四下虚空里，嗨！嗨——
打出几招虎拳，几棵桃树落英簌簌——

石根村

桃花园里共有九九八十一个村子
有猛虎村、狮子村、水牛村、铁头村
酒缸村、神木村、绵羊村等等

猛虎村、狮子村的人威猛、刚强
黄牛村的人擅驯养黄牛
酒缸村的人擅酿造烈酒
铁头村的人脾气犟得厉害
据说咬着犀头子也能犟上半天
打制的铁器却锋利、坚韧,经久耐用
神木村的人善于制作木质家什
住的屋子也是木质的
据说是得到了鲁班的真传

而绵羊村的男人性子绵软
祖辈上的男人都怕老婆,远近闻名
自从出了个叫杨八的叛徒
整个村子越发抬不起头来
男人就成了桃花园人嘴里"鼻涕货"的代名词

为了让绵羊村能够雄起
绵羊村的长老派专人
前去五百里外的泰山取经
经高人指点在村后土地庙附近
栽了一根两米粗、三人高的采自泰山的石柱子
栽上以后，有专人浇水
绵羊村的后人才逐渐硬朗起来
村名也被改为"石根村"

据说那石柱子栽上后一直在长
数年间竟然又长了不少"海拔"
成为桃花园里唯一的"山峰"——

陈八爷

陈八爷爬墙上屋犹如落花飘风
年轻时走南闯北，是桃花园里少见的
风云人物，却是孤独终老

有人说他年轻时在戏班里当过武生
曾为救一个戏子
夜闯土匪花脖子的山寨
而如履平地，毫发无损
后来他又加入了胶高支队
成了黑军闻风丧胆的英雄
还有人说他也曾为地主家的小老婆出过头
被降职回家务农

但桃花园人只记得他独创的"武秧歌"
说书人一段经典说辞就是陈八爷的：
"茂腔和文秧歌咿呀罢了，
但见陈八爷乘着酒兴，
踩着高跷，翻着筋斗，
自远处车轮般翻滚而来，
最后，一个漂亮的后翻，

稳稳地站定在八仙桌上,
举过头顶的是一包红绸子裹的银圆彩头"

陈八爷曾用这些赏赐在桃花园
过了一段自得其乐的日子——
因为他终生未娶
"武秧歌" 也没能真传下来

陈八爷年轻时的风采我没见过
死的时候我却在场
当那几个为他换寿衣的老人解开他上衣时
均被惊呆了, 他的胸前和背后
文了大片大片的桃花
虽然皮老肉松, 却依然鲜艳欲滴

隐身

在正午的桃花园穿行，我经常还会听见
有人吃吃地笑，嘿嘿地笑
哈哈地笑，笑得花枝乱颤，似狐若妖

她们有时候在我前面、后面
有时在我的左面、右面
在每棵桃树的枝节处、杈丫处、伤口处

有时候又仿佛在土里、在天上
有时候在露珠、青草里、白云间
在某条小路神秘的拐弯处
有时会在短暂莫名的恍惚里
在清风里，在晴朗无边的虚空里
在一场又一场没有尽头的大梦里

她们仿佛在故意躲着藏着
和你有着不能逾越的界限
但我却能清晰地分辨出她们冷冷的笑声
体会到她们暖暖的善意

——小红笑的时候会使劲捂着嘴
叶子笑的时候眉毛会分开
小芬笑的时候，脸是一张红布
小禾笑的时候嘴角会尖翘上去
大花笑的时候灰尘也不敢近身

我能脱口喊出她们的名字却无法看见她们
她们已经在时光里隐身
在另外的世界过着我所不知道的生活
我想哭，但已经彻底没有了泪水

阴凉

母亲说父亲是飞走的， 我们看不见
只有她能看见。 因为病痛
父亲的身体最后急剧蜷缩成了
一个孩子般昏迷的形态

随着最末 "唉——" 的一声叹息
父亲的身体上空开始投影出
一个虚的父亲， 唯一不同的是
他的胳膊变成了一双硕大的翅膀

他先是围着自己盘旋了三匝
又盘旋三匝
静静地看着我们跺脚， 大放悲声
看着自己被抬上车， 被亲人们
火化、 守灵、 骨灰入土后才向西南飞去

父亲说每到节日他还会回来看我们
但却只能在墓地相见了
他怕吓着后来出生的孩子

父亲的坟就在村北的桃花园里
母亲去干活时，捎着的水和点心
一半自己用，一半就给了父亲
干累了，就躺在坟头上睡一会儿
——这时，坟前壮硕的桃树
会悄悄俯上前去垂下了它的阴凉——

渔人的报复

先前桃花园没有直接去往海的道路
所有的道路远远绕着海，躲着海
而转身去了别的地方。对于海
桃花园人先前的梦境里
有的只是怪诞、恐怖和野蛮

似乎一夜之间，海边长出了浩瀚的楼群
仿佛大海折射出的海市蜃景
据说有人曾在此淘得了咂舌的宝藏
美人鱼会在月光下爬上外乡人的床

——引发更多的人扑向了大海边
内陆的人纷纷变成了候鸟
每年风尘仆仆地飞到了这里
短暂停留，旋又千里万里地回返

海水开始被熊熊的欲火熬煮得动荡不安
一夜之间，桃花园通往海边的
所有山丘和树木都被铲平
所有的道路都伸向了海边

那年夏天， 海风沿着旷达的通道
来到了桃花园， 摧毁了许多老树
长老们说， 这海风肯定是先前
被我们愚弄的渔人的魂， 报仇来了——

倒着走路的人

近些年，在春天的桃花园里
你会看见许多操着各种口音
倒着走路的外地人
他们有老人、中年人，还有青年和孩子

有的走得熟练，走得飞快
脑后仿佛长了眼睛。有的歪三斜扭
被石头绊倒，浑身泥土
有的撞到了树上和篱笆上
掉到沟里河里——却如金刚护体
打个滚，爬起来继续倒着走路

他们说这么多年他们只有倒着走路
才找到桃花园的
他们说，倒着走路的好处玄妙无穷
——病人会找到健康，老人找到年轻
中年回到少年，少年回到儿童

会找到所有被丢掉的美好比如爱情
甚至还会得道成仙。这个方法

不知道出自哪里
很多远方的人却对此深信不疑
索性在此安营扎寨， 赖着不走

多年以后， 我开始四处打听这些
倒着走路的人， 和他们的下落
有的走火入魔， 有的可能
确实已经成仙， 去了谁也不知道的地方

一群鸟人

桃花园里先前有个专门靠网鸟为生的人
认识各种各样的鸟。据说他的网
能到达云彩，还会用网设置迷阵
再聪明的鸟也逃不出他的手段

据说他网鸟也只是个掩人耳目的幌子
他的老婆孩子，他家的一切
都是他用网子网回来的
这些年，政府严令不让网鸟了
他也老了，就在黑夜里偷着张开大网

终于闯下大祸：他在一个月圆之夜
竟然网下了一群鸟人，不
严格地说应该是一群长着人脸的大鸟
网下来的时候，因为挣扎
它们白羽稀疏，鲜血淋漓
在地上倒着气，很像一些受伤的人

他吓坏了，感觉自己杀了人
赶紧报案自首，警察就将他逮捕了

说他犯了大罪
尽管专家们也说不清这是什么鸟
这群白羽苍苍的鸟就被鸟医护理着
上了救护车，嘴角突然蹦出了
"家！家——"的音节，吓坏了所有人

奇怪的蝴蝶

近些年，每当桃花盛开时，经常会
出现不少灰色的蝴蝶
它们成群结队，翅膀宽大，样子难看

谁也不知道它们到底是从何而来
仿佛有一天，你一觉醒来后
它们就栖满了无数桃花蕊中了

阳光下，它们几乎一动不动
仿佛是纸做的，被胶在了树枝上
或是赶了很远的路，在昏沉地睡着

据本地的长老们说，这种的蝴蝶
以前从未见到过；来自远方的人说
只有天涯海角才有这种蝴蝶
可那么远是怎么飞过来的？一时成谜

而更多的人怀疑这些奇怪的蝴蝶
来自附近的火葬场
因为它们的颜色和骨灰几乎一个颜色

它们让人在梦中尖叫，引发恐慌

当它们最终被人用风泵吹散
却并没有飞走，反而干枯了似的
纷纷飘落，然后睁大眼睛也再寻不见——

快来了——

"快来了——" 这些年我一直记得闲蛋
每次从瞭望树上下来时说的这句话
闲蛋虽然现在已经衰老不堪
再也爬不上瞭望树
但多年的瞭望让他的脖子比一般人
要长很多， 眼睛也只看高处和远处
这句话在他的嘴里时不时地
就会冒出来： "快来了， 快来了——"

仿佛不经意间扔过来一块石头
每一次都会让我的心里慌慌的
每一次我都会感觉周围的树在摇晃
屋子在摇晃， 人也在摇晃、 模糊
让我感觉要地震了
实际上， 桃花园自从建园开始
已经很多年没有地震或灾荒了

不知从什么时候开始， 桃花园人在相互传说
说是桃花园被一个神秘人物看中
要在这里建无数座上百层高的空中桃花园

桃花园人不用再去地里干活了
每天只躺在这些空中的桃花园中做梦即可

还说为了尽快让桃花园人过上神仙的生活
他们已经造好一个巨无霸机器
有几百个巨轮，几百只红绿的眼睛
几百米长的无坚不摧的大嘴
大树在它面前就像一根根面条
号称几天就可推倒一座山
它已经轰隆隆地向我们桃花园方向跑过来了

他们说得出了神，以至于很多人
都不想干活了，躺在家里练习做梦
梦里，无边的桃花只负责开放，再无结果

桃花园深处

风一年年吹着， 桃花园一年年老去
桃花园深处， 有很多散落的土屋
简陋、 昏黑、 破旧——
仿佛一个个披着旧棉袄睡去的老人
他的梦就是这片浩瀚的衰老的桃花园

经常会有人从远方蹒跚着幻影般归来
拿着一把把生锈的钥匙
去开这些孤矮的小屋的屋门
抖索着， 却怎么也打不开了

或者屋门被什么力量猛然洞开
里面的气流诡异飘出， 携卷落花
形成气旋， 将其挟裹着， 甚至抛到云的高度

在桃花园深处， 坟头按风水排列
有父亲的大爷的祖父的桃花的
还有未知的， 不知何故
坟头上的桃花总是开得异常艳丽

每年都有人在此披着白布磕头， 焚烧纸钱
都是光有哭声没有泪水
风吹起， 纸灰飞， 落花飞， 蝴蝶飞——
还有一些什么在飞， 我说不清楚

经常会有陌生的大鸟在上空盘旋复盘旋
找不到落脚的地方
发出类似于人的叫声
经常会有大风从远方吼叫着吹来
吹到桃花园时， 猛然停下了
脚步， 哗啦卸下了一大堆枯黄的叶子

桃花仍将灼灼盛开

桃花园， 桃花园， 桃花园——
多少年来， 我仿佛一直在一场虚幻中流离
归来时依然跌落在你的繁华时节
也算是有福的天佑之人

天还是先前那么晴朗、 辽阔， 桃花还是
先前那么艳丽， 那么多人却已经
消散的消散， 疯癫的疯癫
虚空里， 我听到了白胡子老头悠长的喟叹

桃花园， 桃花园， 桃花园——
我仅在此用一壶浊酒浇我多年的惆怅
用一本诗集焚烧在土丘岭泽
来消解我早年梦中迷失的罪过
用我干裂的哭声， 来彰显人间盛大的寂寞

桃花园， 桃花园， 桃花园——
我外出梦游的时候还是一翩翩少年
归来的时刻， 两鬓已斑， 步履蹒跚
人生纵有良辰美景， 也终有散场的时刻

推土机推土机——我已经隐约听见推土机
从远方向这里掘进
他的轰隆声，他搅起的滚滚烟尘
隐藏了蚂蚁般喧哗的人群
一切都将消失，仿佛一个巨大的泡影

可在另外一个世界里，我坚信
桃花仍将一年一度不负邀约，灼灼盛开
在那里，它只接受星空的指引
在那里，我将遇见所有消逝的好人

图书在版编目（CIP）数据

北平原上／陈亮著． —济南：山东文艺出版社，2021.12
　ISBN 978 – 7 – 5329 – 6471 – 0

　Ⅰ．①北… Ⅱ．①陈… Ⅲ．①诗集—中国—当代 Ⅳ．①I227

中国版本图书馆 CIP 数据核字（2021）第 245275 号

北平原上

陈　亮　著

主管单位	山东出版传媒股份有限公司
出版发行	山东文艺出版社
社　　址	山东省济南市英雄山路 189 号
邮　　编	250002
网　　址	www.sdwypress.com
读者服务	0531 – 82098776（总编室）
	0531 – 82098775（市场营销部）
电子邮箱	sdwy@ sdpress.com.cn
印　　刷	山东临沂新华印刷物流集团有限责任公司
开　　本	650 毫米×960 毫米　1/16
印　　张	16
字　　数	180 千
版　　次	2021 年 12 月第 1 版
印　　次	2021 年 12 月第 1 次印刷
书　　号	ISBN 978 – 7 – 5329 – 6471 – 0
定　　价	49.00 元

版权专有，侵权必究。如有图书质量问题，请与出版社联系调换。